U0606044

什么样的你，
都能拥有
最好的
爱情

郑洁心◎著

北京联合出版公司
Beijing United Publishing Co.,Ltd

图书在版编目(CIP)数据

什么样的你，都能拥有最好的爱情 / 郑洁心著.
-- 北京 ： 北京联合出版公司,2016.3
ISBN 978-7-5502-7071-8

Ⅰ．①什… Ⅱ．①郑… Ⅲ．①散文集－中国－当代
Ⅳ．①I267

中国版本图书馆CIP数据核字(2016)第000737号

什么样的你，都能拥有最好的爱情

作　　者：郑洁心
责任编辑：徐秀琴
封面设计：尚书堂

北京联合出版公司出版
（北京市西城区德外大街83号楼9层　100088）
北京市通州运河印刷厂印刷　新华书店经销
字数150千字　797mm×1092mm　1/32　9印张
2016年4月第1版　2016年4月第1次印刷
ISBN 978-7-5502-7071-8
定价：32.00元

未经许可，不得以任何方式复制或抄袭本书部分或全部内容
版权所有，侵权必究
本书若有质量问题，请与本公司图书销售中心联系调换。
电话：（010）64243832

成功婚恋其实没有那么难

有一天我在我的博客上看到一则留言，忍不住笑了出来，她说："洁心姐，我愁嫁啊！好着急！"那女生真是太直白了，我真是忍不住想为她鼓掌叫好！没错，就是要有这种热烈的心情、这么大方的宣告，才嫁得出去呀！

这种道理就好像减肥一样：先诏告天下你在减肥，让那些老是想约你去大吃大喝的朋友收敛一点，让关怀你的朋友给你介绍一些减肥的妙招，如此便能大大地提高你减肥成功的概率。

结婚这件事情也是一样，你不能老是说"看缘分吧""一个人过日子也是不错的啊"，如果你常常这样表示，那么别人就不会把好的对象介绍给你。什么嘛！把好人推到你面前来，还让你挑三拣四吗？这样怎么对得起被介绍过来的人呢？

所以，你必须先诏告天下你想结婚，你想要交往男（女）朋友，这样那些想结婚的人就会以主动或被动的方式到你的面前来。

向宇宙下订单，就是这么做的。

什么样的你，都能成功恋爱结婚

我的身边有一些单身未婚男女，提到结婚，不是嗤之以鼻，就是双手一摊说：无望。我常常鼓励他们千万不要太早对幸福的婚姻失望，而且我还以切身的经验告诉他们：如果连我这样特立独行的人，都能找到另一半，并且好好地去结婚，那么还有谁不能从婚恋中得到幸福呢？

秉持着这样的信念，我最近就撮合了一对璧人。他们原本各自都觉得自己这辈子不可能找到对象结婚了，已经规划好"一个人老后的生活"，可是最近他们已经在筹划婚事了。

男生长得真帅，是天生的帅哥，但是不懂和女人相处，个性也特别，所以一直没有女朋友。他虚长我几岁，我一直喊他老头子。

女生长得也很美，是许多男人垂涎的对象，但是看待爱情和男人有独特品味，有点挑剔，所以也一直没有男朋友。

到了一定的年纪，他们都想试着找到对的人安定下来，在我的撮合之下，两人终于开始尝试交往。一开始，或许大家心里想的都是：不过就是找一个结婚对象而已，和所谓的爱情无关。你知道，人活到一定年纪都会太缅怀过去，认为年轻时分开的那个才是真爱，而结婚的这个都只能算是备胎……可是经过一段时间的相处和情感互动之后（当然还加上我这个媒人用心敲边鼓、制造机会），他们越来越觉得，这一生撑了那么久，就是为了遇见彼此。

很多人年轻时经历过感情的失败与创伤，再也不相信爱情，我觉得那是给自己的假象和限制，不是真实的。其实，人的生命力很强，心灵也无限自由，只要你不给自己限制，只要你放下伤痛，拨开乌云，其实任何一个年纪都可以重新开始，将心房打扫干净，对幸福说：欢迎光临。

在这本书中我想告诉大家：无论是什么样的你，都可以找到爱你的人，可以得到属于自己的、幸福圆满的婚恋生活。

目录
C
O
N
T
E
N
T
S

Chapter1 当你相信自己是最好的，就能拥有最美的爱

Chapter4 爱情，是需要经营的

Chapter5 女人对爱情一定要看准，别被情感蒙蔽理性

Chapter1

当你相信自己是最好的，
就能拥有最美的爱

每一个人现在的不幸福，

都是从一颗不想接受幸福的种子结出来的。

而那个种子可能是以前恋爱不愉快的经验。

人们都是在这样自我设定的假设里，去进行自己的人生的。

或许你把人生想象得越糟，你就越轻松，

反正，任何模式的人生都不好，都没有努力的价值。

包括婚恋这件事情，也是如此。不相信爱情，

就不会经历失望，不渴望婚姻，就不会有失败的可能。

可是，这样的生活，就是你想要的生活吗？

活在一个没有亲密情感互动的状态里，

真的只要有朋友和家人，

就能让你幸福吗？

01.相信你自己值得拥有最好的

你想拥有什么，那就是一个抵达幸福的
出发点。

很多女人对我说，她们再也不相信男人了，也没有结婚的打算，总之，一个人慢慢老去，有房有钱有保险有姐妹淘，就万无一失了。

不过我会这么想：万无一失的生活，就是最好的生活吗？

你有没有想过？其实你值得拥有比万无一失更好更幸福的生活。

我的婚姻生活八年，再加上稳定交往期共十年，这十年我过得非常幸福，简直不敢相信生活可以如此幸福。结婚之后，我没有来自于夫家的生子压力，而且婆婆就像个大女孩一样，陪我一起吃喝玩乐、买漂亮的衣服。我的老公体贴入微，从来不会对我说一句重话，或者做一件让我有心理负担的事情。基本上我在这个小家庭里，是为所欲为的。我们一起出门，遇见陌生人，都还时常以为我们两个人是交往中的男女朋友。

当然我最得意的是，婚后我没有变成黄脸婆，反而比婚前更美丽。

有一个冬夜，我窝在客厅里打毛衣，我的狗就窝在我的身边，而老公在房间里工作。万籁俱寂，无限平和，就在那一刻，我想起了十多年前我对婚姻与家庭的想象，就是这样的画面。

而就在十多年前，我是不想要婚姻的，也对男人很不信任，不过我告诉自己，若真的要追求婚姻，我要追求的，就是这样的婚姻生活。在当下我不要有男人陪在身边，只要有金钱和姐妹淘，但那是幸福的最低标准，但我知道我还想要追求幸福的最高标准，那个最高标准就是眼前这幅画面的样子。

因此在那一个打毛衣的冬夜，偶然想起以前想象的婚姻画面，我忍不住笑了，因为我竟然不知不觉达到了幸福的最高标准。

幸福，要有所坚持，也要有所冒险

在遇见我的另一半之前，我也遇到过不少男人，有些男人声称很爱我，有些男人觉得我不够爱他，你知道，就是爱与被爱之间没办法取得平衡，没办法好好过日子，然而，我又对生活有所坚持，譬如说我有点公主病，又有那么一点点孤僻，所以那些恋情都无疾而终。

不过我发现所有男人都有一个共同点，那就是自私，男人比女人更会为自己设想，尤其是现实层面的设想，所以男人觉得女人很笨可弃之，觉得女人家境不够好可弃之，觉得女人不够任劳任怨、体贴入微，也可弃之。如此重利轻别离，都是因为不敢冒险。冒什么险？就是"怕另一半破坏了自己对幸福生活的追求"。

我觉得多数男人勇于在事业上冒险，但是不敢在感情上冒险。你懂了吗？其实男人在感情上更经不起挫折。

女人也怕冒险，不过为了爱情可以稍微冒险，女人在情感上比男人更无私，但正因为如此，所以在选择恋情时也特别有自保意识。

不过我觉得，幸福，是需要冒险的，也是值得冒险的，当然是在有所坚持的前提下。

举例来说，我很勇于冒险，但是要我冒险有个基本前提，什么样的男人值得我冒险？那当然不是看起来秀色可餐的男人，或是含着金钥匙出生的男人，而是一个有人性的男人。他追求成功，但也重视感情，然后，人格正直，尊重我独立的人格。

男人不想冒险坏了他们人生与事业的布局，女人也不想冒险坏了自己对于幸福婚恋的指望。

然而，冒险是必须的，让我来告诉你为什么，因为未来的幸福是一个陌生的国度，那是你过去未曾触碰过的国度，所以它便是一个值得你去冒险达到的目标。

02.相信你是一个值得被爱的女人

当你相信了被爱，你看见的世界就不一样了。

女人总是在钻研"他爱不爱我"这样的问题，我回答读者的问题有千百种，但万宗归一，就是想知道：他爱不爱我?他能不能给我幸福?

因为女人渴望被男人疼爱。女人太聪明，知道只有男人疼爱她，她才能得到男人的江山。

但聪明也是迷惘的来源，你钻着"他爱不爱我"的牛角尖，就很容易错看了被爱这件事情，当局者迷啊!

所以你会错过一些爱你的人。

挑剔，是因为没有安全感

轻熟女总对我说，她们对男人是超级挑剔的，要这个也好那个也好，只要一点点不周全，就淘汰他。

那你知道有些男人就是爱情智障，他们没办法表达女人要的那种好。光是把自己搞成金秀贤或Rain是没有用的，他说不出"我为你而活"这样的话，女人就觉得差了些什么。

不能相信被爱，只好相信物质条件。被爱是虚无缥缈的，优渥的条件才是实实在在的。女人只好挑剔男人，越没有安全感的女人，越是挑剔。

你的爱不足以保障我，就拿你的条件来保障我，保障我恋爱过程中的小确幸，至少带个有脸蛋、有身材的男人出门好有面子，被男人伺候着好开心，被男人请客的确幸福，万一分手还能拿到分手费或赡养费，那才是大确幸。

因为看不到被爱的梦想，只好追求确幸。为什么看不到被爱的梦想呢?因为我们很难相信自己是被爱着的。

为什么女人都没有安全感

可以说女人都没什么自信，因为我们都是被恐吓着长大的，宿命原罪嘛!因为你是女人，所以你要美丽、青春、优秀，外加"三从四德"，才有男人爱你。女人没有安全感，都是因为接受到太多这种毒素。

女人从出生就是弱者，因为以前的爸爸一听到是女婴，就虚脱无力。(但现在的爸爸都很想要女婴，所以我想以后的女人会活得更有自信。)

女人没自信也因为妈妈，以前的女人一听到是女婴，就忧伤了，因为生产女婴预示着她们无法在家族中提升自己的地位。

所以要让女人相信自己被爱，真的很难，这是原罪，是世代共业。

当你相信了被爱，你看见的世界就不一样了

以前我不相信一个人爱我，就算他以死明志我也不相信，为此痛苦忧伤着。我那时候看到的世界是灰暗的。后来我相信他爱我，以后即使遥距千万光年之外，偶然嘘寒问暖，也是暖心的。

爱，无从验证。你看见什么，那就是什么。你看见什么，也会变成什么样子。

质疑只会带来无限的烦恼，只有相信被爱才能画下幸福的句点。

爱是结束，也是终点站。那是你和自己争执、和世界争执的终点站。所有的纷争都要在爱里平息。你先相信爱，你先平息，世界就会为你平息，为你带来幸福。

从哪里开始相信被爱

如何相信爱？就是相信自己是值得被爱的，你认为你有多大的价值，你就相信你多么值得被爱，然后你也不会看轻那些想来爱你的人。你想，你就是这么好，所以怎么可能吸引到烂人呢？那概率太小了。

他们总有一个超吸引人的优点。你去发掘，就能找到。

怎么找？就是从自己的价值观去找，那里最有能量。我的价值观是善良正直，那个就是我的能量，也是我看见被爱的能量。简单来说，我深信我是一个善良正直之人，愿意来爱我的人，也不会差太多，物以类聚啊！

我相信我和别人不一样，所以愿意来爱我的人也不一样。如果我真正活出自己的态度，我就能得到抱有相同态度的人的关注。

这也就是我在以前的书里所说的，你要先爱自己、认同自己、坚持自己，让自己成为一座灯塔，那么你就能相信，往后来接近你的人，都是能看见你生命中最光亮部分的那个人。

在命理学上有个道理，当你正经历着生命最灰暗、脆弱的时刻，不要去决定你的对象，因为那样很难有好结果。我想，那是因为当你在生命最灰暗、脆弱的时刻，你没有自信，没有活出自己，所以你也没有基本亮光去吸引真正认同你的人。你只能吸引一时同情你的人，但那同情不会持久。

如果你还在寻觅，就要先相信自己是被爱的，就算那爱有点鲁莽，有点愚蠢，那也就是某个生命尽其所能表达爱的方式了。我们要为被爱而感到荣耀、光彩焕发，想去汲取更多爱的信息，不怕受伤，也不怕失败。因为爱里没有什么受伤或失败的事情，那都是自己想象出来的怪物。

这么做之后，你就会越来越相信自己，也会越来越棒。如果你质疑别人对你的爱，也就是开始质疑自己的被爱是错误的，你才会受伤。因为受伤，而反过来伤害爱，使爱变成你认定的怪物的样子。

03. 想恋爱，先发射出你恋爱的讯号

男人和女人，可以不美不帅，但不能表现出一副"我放弃当男人/女人"的样子。

也许你在街上曾经见过一些外在不怎么登对的情侣，好比说男生长得又矮又瘦小，可身边的女生却是拥有一双修长细腿的大美女；又好比说女生的姿色看来平常，可她身边的男友，却是令女生们疯狂尖叫的大帅哥……这会使你心中忍不住升起一个大问号——到底是为什么？

一位女性好友就愤愤不平地说："连她都能找到这种帅男友，为什么我连个男朋友都没有？"

我也遇过两位外形非常抢眼、老实又温柔的男人，我认识他们超过十年，而他们……就是追不到女朋友。

难道真的此生注定孤家寡人吗？其实不然，只是因为他们都没有准备好进入爱情这个小星球。他们的生活中只有亲情与友谊，只懂得和亲人相处的坦然自在，以及与朋友相处的义气当先，和他人交流时，却长期忽略了内心对于爱情的本能。那种本能是释放"性魅力"的本能。而所谓的"性魅力"，就是清楚地让异性感受到，自己是一个能列入考虑交往名单的对象，而非只能聊心事、彼此支持的一般朋友。

"性魅力"就是一种恋爱的讯号，就如同花朵开得特别鲜艳，生物特别展现自己的优势，都是为了展现性魅力，寻求爱慕的对象。

男人在女人面前要展现出主导性的自信

阿盛是我认识的"人帅、老实又温柔"的男人之一，今年已经超过四十岁了，没有异性对象。他的事业很成功，家庭关系也很和睦，但就是不懂得和女生相处。

如果你也是这样的男生，请记住，当你想要进入恋爱关系时，要知道女生对"男朋友"的样子是有期待的。

她期待这个男人可以帮她做很多决定，例如说，要吃什么、去哪里；女生也希望男生能主动提出话题，不断地制造谈话乐趣；女生更希望男生能主动地赞赏她，对她的一切表现出有兴趣的样子。

男人在女人面前，必须展现出主导一切的自信，才能使女人倾心。同时，不要羞于展现对女生有兴趣的样子，因为"窈窕淑女，君子好逑"，这是自然之理。男人追求女人，无非是将他最好的一面呈现在心仪的女孩的面前，即使被拒绝，也无损于他与生俱来的优秀。

女人在男人面前要展现被动性的温婉

要说起桃花运，阿娇算是个中翘楚。阿娇长得不是特别美，但很懂得释放恋爱信息，面对初次见面的男人，她会不经意流露出害羞的样子，让对方清楚地感受到，他是在与一位"女孩子"聊天。阿娇和男生聊天的时候，都是保持很有兴趣倾听的状态而不多言，让男生感受到自己是重要的。阿娇还很会赞美男生："像你这么好，做你的女朋友一定很幸福。"

男生通常很快地坠入阿娇编织的情网，不只是因为阿娇姿色不错，更因为和阿娇相处，会让男生特别感受到"我是一个男人"的感觉。

当男人和女人相处的时候，能让女人特别感受到自己是一个女人；或是当女人和男人相处的时候，能让男人特别感受到自己是一个男人，这就是一种爱情信号。

放下独立的执着，让爱情进入你的生命

虽然说现代男女都是能够独立生活的个体，但是当我们进入爱情这颗小星球时，我们需要放下"独立"的执着，释放出空间给爱情介入，而这个空间，就是让另一个男人或女人参与你的生活。我们免不了为此努力找出自己在一般男人和女人眼中期望的样子。如果你能做出这个样子，就是释放出一种"恋爱"的魅力，便很容易吸引异性。

当然，如果你改变不了自己，你也可以选择做最本真的自己，但是你要有心理准备，你的对象绝对不是一般的男女，所以你必须要经过很长时间的等待，等待被发现。

待人没有热情，就没有爱情

现代人不容易恋爱，是因为人们对于自己的利益要求太高，对别人的体贴太少，现实阻碍了人与人之间真实的情感交流，只彼此算计，难以付出真心。

小悠很会打扮自己，样貌也不错，但恋爱战绩平平。她有一双电眼，但怕笑多了有皱纹，所以不太笑；她和男生说话的时候，语气平平，因为她对于购物之外的事情的确都没什么兴趣。她就像是一尊美丽的娃娃，吸引男人的目光，而她释放出来的信息，却是平淡、冷

静、可有可无的，令想接近她的人感动沮丧。

我觉得想要恋爱的人，一定要保持对人的热情。我认识一位年届半百的熟女，还是不断地谈着恋爱，这是因为她对人总不吝于表现出热情，而别人感觉到温暖后，便特别想亲近她，日久生情，便爱上她了。谁都拒绝不了热情的人。

04. 女人要做自己的主人

> 男人要的是一种感觉，那种感觉就
> 是——你没办法对她太残忍。

每一个人都要有自知之明，而我的自知之明就是：我不是一个特别令男人喜爱的女人，但女人通常很爱我。

所以我家先生一向对我的桃花运很放心。

"如果我有外遇怎么办？"

"哦，没有关系，他和你相处不用三个小时，就会求我把你带回来了。"他开玩笑说。

我很不服气，明明我说话幽默风趣、身材又好，一直质问他为什么，他说："因为你一说话，男人不是被你吓死，就是被你气死。所以他心脏要够强，命要够硬。"他的意思是，我说话不给男人留下余地。可能是属于以前人们说的会克夫的那一种。

　　我还是自我感觉非常良好，直到有一天，我遇见了那种令男人喜爱的女人……

　　她是我在朋友的办公室里遇见的女人，身材非常纤细，穿着颜色贴近肤色质地柔软的毛呢上衣，坐在椅子上，感觉就像是一只柔软的小熊玩偶，还没仔细看她的五官，就觉得她所在的那个地方，方圆一公尺之内，都有柔软的气息，好像闻得到花香的味道。

　　她再开口对我说话，我就晕了。如果我说话的音量有80分贝，那她的音量可能20分贝不到。为了听清她说话，我得把身体更倾向她一点，把耳朵拉得更长一点。

　　对我而言，她说话的方式也很特别。举例来说，如果我要说明一个物品，我会说："这个东西就是由××构成的，我告诉你，超好用，真的，我那天……"

　　而她是这么表达的："真的很好哦，那一天啊，下大雨，我又没有带伞，就很担心啊，结果你知道吗？在我家楼下竟然就有一个车位耶，真的，我觉得好幸运好幸运。"然后还有点口齿不清，像儿童一样。

　　"真的啊？"我不由自主地，瞬间音量降到50分贝，犀利的应答能力也瞬间降到0，我怕说话太大声、用词太清晰的表达会吓坏她。

　　和她说话的整个气氛就是那么好，像吃了迷幻药一样，使得我必须努力集中注意力，才能去端详她的容貌。

　　她其实不是长得非常漂亮的那种女生，和我所见过的最高层次的美女比起来，如果最高层次的美女有100分，那么她只有40分，其中刚割完的不自然的双眼皮使她的美丽大打折扣。

　　可她就是吸引人，让人觉得在她的身边没有压力，直到我说了一个专有名词而她一脸迷惑，我才感觉到有压力。（我怎么可以让她皱起眉头呢？是我的错！）

　　她的表现像名媛般有气质，又可爱，绝对吸引男人。我向朋友说出我心里的感受，我的朋友却小声告诉我，那是酒店小姐。

　　我当场傻眼，看不出她身上哪一个特质像在特殊行业工作的女人。我得承认，从"女性魅力"这个角度去看，我若和她PK，只能得零分。

　　另一个女生我是从电视上看到的，可能大家都看过那条新闻，就是有个大学生载着酒店女孩回家，途中撞死了人。记者现场报道的时候，镜头拉到女孩身上，女孩像一只受到惊吓的小鸟，第一时间甩头跌进消防人员胸口，轻声却焦急地说："我不知道呀，怎么会这样？"接着轻轻地啜泣起来。

女孩的长卷发遮住她的半张脸，但仍看得出她非常美丽的样子。我心里想，这么美丽这么柔弱的女孩，就是我也不敢对她大声说话。

无论是一种专业还是一种特质，我都觉得，这样的女生，拥有众多追求者，那是应该的。

男人要的是一种感觉，而我活到这把年纪，终于明白那种感觉就是——你没办法对她太残忍。

原来女性确实需要一点有别于男性的柔美特质，才能吸引男性，这也不是什么男女平等的道理，吸引力毕竟是不讲道理的。

05.美丽只能吸引男人的眼光，魅力才能打动
男人的心

女人不是弱者，她强的是心灵，柔韧的
是表现，这两者，能为她赢得爱情，也赢得
世界。

女人把美丽看成爱情里的万灵丹，所以为了追求美丽，无所不用其极，无论是割肉削骨还是流血疼痛，只要能变美，我们眉毛都不会动一下。因为追求美丽的全面性胜利，等于追求到情场上的全面性胜利，等于男人就是会莫名其妙地，一直爱我们爱得死心踏地，顺便一直傻愣愣地拿钱给我们无限量花到爽。那是从割肉开始，一点一滴所建构出来的wonderful land啊！如果你还是这样的观念，相信我，无论你割掉多少肉，也不

能成为爱情的胜利者，因为你忽略了爱情胜利还需要有一个条件被满足，那就是：女性魅力。女性魅力之于男人，才是真正具有杀伤力的武器。

所谓的女性魅力，就是让男人一走过你的身边，还没有看到你的样子，就很想追过去，而那可能是因为你优雅的走路姿态，身上散发的香气，长头发如瀑布般垂坠、自然摆动的样子，或是轻柔的说话声音。女人的美丽会随着年龄消逝，但是这种女性魅力，却不会随着年龄消逝。

女人谈恋爱不用割肉削骨，只要施展女性魅力就好

女人想要得到男人的爱情，就要学着表现出这种女性魅力。不要急着去割肉削骨，而是要细致地善待自己，再细腻地表现自己。

什么是细致地善待自己？那就是要维持自己干净整洁的样子，如果能用一些香氛产品让自己的身体气味芳香，那就更好了。自己的物品、自己的衣物，都要仔细考究，保持整齐，譬如说皮包，譬如说鞋子的保养……也就是说，凡是和自己有关的物品，都一定要仔细清洁和收纳。

女人有那么一点点洁癖，对男人来说，是具有魅力的。

这么做，对于现代生活忙碌的女性而言，真的很不容易。我相信多数女人每天下班后回到家中，都是把高跟鞋往后一踢，直接累瘫在沙发上。这种事情还一路延伸到满桌子乱七八糟、垃圾一堆、屋子里藏污纳垢。其实不干净与不整洁，都藏在家中，你不说也没人知道，可是邋遢成了一种习惯之后，举手投足间就少了一点细致的女性魅力，你说话的样子、走路的样子，都会泄漏你的特质。

女人还要学习细致地表现自己，也就是说，当你要开口说一句话之前，要细想如何婉转、温和地说出一句话，而不是直话直说，那太粗糙。

当你要做一个动作的时候，要轻柔、和缓，给人以如沐春风的感觉。

女性魅力是演的，就是将内心真实想做的事情，以及想说的话，通过导演和包装，呈现在观众的面前。为什么要这么累？那当然是为了打造你这个女人的个人品牌，为了让你交到桃花运。

女人谈恋爱不用流血流汗，只要施展女性魅力就好

现代女人谈恋爱都太用力了，付出得太多，收获得太少，爱情谈到最后都很怨，如果这样还被抛弃，那更是冤。

女人陪着男人吃苦，为着男人受苦，把吃苦当成乐趣，结果只会越来越苦，男人越来越不把女人当一回事。而且如果女人吃苦吃得太多，全身就会散发出一种苦味，越会使男人唯恐避之不及。

女人也不是天生爱吃苦的人，只是谈恋爱之后，都会因为担心被男人抛弃，而默默吃下苦头。

你爱得那么用力，流血流汗、负责认真、承担、包容、忍耐……好事做尽还被嫌弃，这不公平，也不是对的恋爱模式。

爱情毕竟有一种吸引力，不是交易，不是说你把男人的生活都包办了，男人就应该支付爱情这种东西。（通常你把男人的生活都包办了，就会直接升级成为他的妈妈。）

我印象很深刻的是，一位在情场上据说是"喜欢的女人没有追不到"的资深帅哥，曾经对另一位朋友说我"语气温柔但态度坚定"，那便是他理想中的女性。

女人可以活得很坚定，但也可以保持温柔。这些年，我见过许多同样"说话温柔但态度坚定"的女人，她们使我见识到温柔的力量。在她们的字典里，没有"不"，而是诠释再诠释，直到别人了解了她们真实的想法为止。这么做或许太没效率，可我觉得，效率本来就不是人与人之间相处的全部，能够经营出绵长恒久的关系，那才是人与人之间最大的价值。有时候，你的一个草率的"不"，是很伤人的。

建立起效率，却牺牲了感情，那不值得。有价值的从来是"人"，而不是"事"。人才是有生命的，能够持续发展出希望和美好。

我发现通常特别善良老实的女人，特别实事求是，她们只懂得付出，不懂得营销自己，不懂得发挥自己的女性魅力，不会使自己成为一个令人喜爱的女人。她们在爱情里非常辛苦，总是想办法让男人得到更多好处，否则难以肯定自己被爱的价值。更有些独立自信的女人，认为"为了让别人喜爱自己"而修正自己，这样做实在太丢人了，所以对男人不假辞色，也断了自己的桃花。以前我觉得成为一个令人喜爱的女人太丢脸，是失去了自己，可是多年之后我发现，令人喜爱的女人并不等同于仰男人鼻息的女人，而是懂得运用女性魅力，使自己活得更轻松愉快的女人。

女人能活得轻松愉快，才能创造出更多正能量，使自己的人生更美好。

女人不是弱者，她强的是心灵，柔韧的是表现，这两者，能为她赢得爱情，也赢得世界。

06.让你的内涵呈现在你的服装打扮上

你不打扮，怎么会知道自己能有多美？

我有一位认识很久的朋友，大概觉得自己的身材不够纤瘦，其实她也谈不上胖，就是没有时尚的瘦样子而已，所以她有点自卑，不敢买漂亮的衣服穿，不敢化妆保养，怕人家觉得她东施效颦，只会招来羞辱。她一直立志减肥，可是一直没有成功达到时尚瘦那个标准，所以她就一直不打扮，一直觉得自己不是美女那一队的，连中等美女都算不上。可是她很想谈恋爱。

后来，她遇到一个颇不佳的男人，还自卑地觉得自己终于被"钦点"为他的女朋友，珍惜得不得了。问题是，这个颇不佳的男人，就是花心和无赖的集合体啊！

这些她也都默默地忍受了，还安慰自己说至少有个男朋友了，她认同自己在爱情里做牛做马还被嫌弃到不行，都是因为她觉得自己不够美丽……

女人的美貌之于爱情真的很重要，因为那是一扇开启爱情的大门。如果认真去问每一个男人的择偶条件，很多人都会说喜欢漂亮、身材好的女生，而有些会说要看起来顺眼的女生。

"漂亮"这两个字听起来很残酷，但其实不然。因为漂亮没有什么标准，基本上只有专业整形医师看得懂什么黄金比例，我们这些芸芸众生看"漂亮"，都是很含糊的。

如果你研究过东区逛街的年轻女人就知道，她们每一个都很漂亮，就是那种走过你的身边，你很难不多看她一眼的女人。她们的打扮入时、靓丽，和这个城市的氛围，形成相得益彰的美感。

这些女人漂亮的形成有几个基本条件。

第一，瘦。

女人都知道瘦了才会漂亮，问题是要忍受多少痛苦才能漂亮？我是说，不用对自己太严苛，只要一般瘦就好，一般瘦的意思是，市面上贩卖的流行服饰，你有80%都穿得下，而且肥肉不会溢出来，那就可以了。如果你的肥胖度已经到达买不到市售流行服饰的地步，那你真的要痛下决心减肥了，这不仅是为了你的桃花运，更是为了你的健康，但请不要去吃减肥药。

以"能否穿得下流行服饰"为标准，目的在于，你需要穿得下这些流行服饰，才有机会展现自己的时尚美丽。

现在市面上有非常多的书籍教导你如何靠饮食减肥，把那些书都买回来读一遍，认真执行至少半个月，当你看到镜子里自己的减肥成果时，你就会大受鼓励，坚持下去。

第二，长头发。

长头发可以展现女性特质，女人留长头发，等于是展现女性魅力的"偷吃步"。无论一个女人个性如何"霸气"，只要留着一头长发，而且整理得非常好，那么女性魅力自然会加分。

所以与其到处求姻缘，不如好好保养自己的秀发，把它留长，每天整理得光洁亮丽，更能为你招桃花。

头发保养得够好，发型整理得够适当，都能够让人忽视女人不够完美的五官。

第三，保养皮肤。

基本上没必要的时候绝对不化妆，就算是宣称再怎么轻薄透气的化妆品，也没有必要随时涂在脸上，因为比起不上妆的一张脸，上了妆的脸就是容易阻塞皮肤毛孔，造成不健康的肤质。因此，你会发现太频繁上妆一阵子，一旦卸了妆，皮肤看起来会很蜡黄，毫无光泽。

　　保养皮肤最好的方法，就是减少对它的伤害，只要这样做就可以了。

　　女人具有以上三个基本条件，就已经具有漂亮的基础了，而除此之外，就要充实脑袋里的美丽信息。现在帮助女性变漂亮的信息非常多，但你不需要照单全收，你可以看看时尚韩剧，看一下哪个女主角的打扮深得你心，就好好模仿，而且坚持每天出门一定要好好打扮。久而久之，你就会把时尚装扮的心得都吸收到身体里，成为你独到的品味。届时，就算你只是穿个简单的裤装出门，一样会非常吸引人。

07.如何让男人对你死心塌地

男人心中的Miss Right，终于不再等于
Miss漂亮＋身材好。

　　有一天我接了一通工作上的电话，恭恭敬敬、朗朗
笑着温柔说着没问题，挂掉电话之后，忍不住先来一句
国骂。我那笑和温柔，是对着钞票而不是对着人的。

　　坦白说我也不是一个天生温柔、24小时都很温柔的
女人，我相信绝大多数的现代女性都没办法像志玲姐姐
一样，随时都保持好亲切温柔的笑容。身为现代人实在
太忙碌，尤其是女性，虽然取得了职场上的优势，可家
庭里的事情却还是没有办法脱身，一天到晚琐碎的事情
太多，你能有多大能耐保持100分的EQ去面对？

我敢说，现代女人，不温柔是常态，这一点应该被男人所接受。但问题是，很多男人虽然能包容，但不能接受。

接受是头奖，包容则是安慰奖。接受是认同并无碍他对你的看法，而包容是不认同但忍耐你的做法。但爱情，是禁不起忍耐的。

爱情如飞蛾扑火，你要那飞蛾扑向你，你的火就要烧得旺，而那火，就是女性特质，其中最重要的特质，就是温柔。所以如果你不温柔，就没有火，那飞蛾就不会扑向你，他迟早会被一团为他烧得很旺的火吸引过去。

以前男人没在找Miss Right，因为Miss Right=Miss漂亮+身材好，无论婚前婚后女友都只有这一种，万一找到贤淑温柔的，那也是误打误撞，绝非初衷。

但是男人经过一些血泪交织的经验之后，也是会慢慢进化的，例如，他们受够了美女们愈来愈苛刻的要求，比他老娘对他望子成龙的条件还要严苛；比他的老师对他的品德条件的要求还要高；对他的行为要求就像训练小狗尿尿一样精细；然后情绪变化比月亮阴晴圆缺还要频繁。在有了这些苦难的经验之后，男人终于进化了，他们不想只是为了得到美女的青睐和获得被视为成功者的眼光，而赔上自己的快乐人生。

如果买房子都要30年不吃不喝，那娶一个超级美女大概要一辈子没日没夜，太惨了。许多男人这辈子都已经放弃买房子的念头了，甚至也有人根本不想娶老婆。你不要以为这些男人都是失败者，他们都家有恒产，所以懒得自己买房子，而且口袋满满，很愿意每周自己上馆子用餐、周末去听音乐会，把自己打扮得光鲜亮丽去和女孩们调侃两句，人生便已足够。

所以现代男人终于觉悟了，人生是由日复一日的小确幸组合而成，如果每天的确幸都被剥夺了，那活着实在没有意义。

最近我就在"脸书"上看到"质男"宣告，他对女人的谎言和严苛要求已经怕了，他要反过来要求女人配合他。

要女人别老想花他的钱，要女人的妈不要太苛刻，要公主病的女人离他远一点……反正他可以不娶，每天活得比每天有老婆抱还快乐。社会压力已经如此巨大，大家各自追求幸福，就别再彼此拖累了。

当女人选择自主独立之际，男人已经悄悄地变种，他不再要女人当他背后的女人，让他一个人出去挡子弹，他愿意分享成功的空间给女人，而且他也不再苛求女人要多青春美丽，感谢老天，男人终于回归到心灵，敢于追求一个真心爱他的女人、温柔的女人。终于，男人心中的Miss Right，不再等于Miss 漂亮+身材好。

08.面对爱情内心要笃定

> 不安的女人，容易变成男人心中"只想暧昧"的对象。

你从小到大品学兼优，工作顺利，进入职场之后备受称赞。你的事业发展得很好，逻辑清楚、思维敏捷。你是一个好命的女人，站在"人生胜利组"的这一方。

你觉得这样胜利的人生是应当的，而那些失败的人生是不应该的，那是集合了许多愚笨、守旧、懒惰等缺点而造成的结果。提及学业工作，你就信心满满，因为你过去的经验告诉你，只要你决定取得成功，几乎不假思索就能手到擒来。你几乎不需要太努力，就能得到机会、获得认可。

但是，一旦遇到爱情呢？你就感觉自己被投到了另一个星球上，什么也无法掌握了，过去的那些你的人生成就，都不能给你一点点信心。特别是，假如你过去没有成功的恋爱经验的话。

那么，什么是成功的恋爱经验？

我认为，应该是两个人颇有规律的约会，习惯性地保持联系，大致上能掌握彼此近况，持续一年。这就算是成功的恋爱经验，因为这是很完整的恋爱。

成功的恋爱经验不是从两人多么生死相许，或者是有没有结婚来判断，而是你们两个人之间的交往过程，是很平常的男女朋友关系，让一个人把自己的生活与另一个人分享，两个人一起快乐。

通常有过这种成功恋爱经验的女人，往后谈恋爱就比较容易掌握爱情的节奏、步调，如果没有这种成功恋爱经验的女人，她就不容易掌握爱情的节奏，而且，往往容易被暧昧的陷阱逮住。

说起暧昧，让女人又爱又恨。因为男人和女人暧昧的时候，没有在一起的压力，只有无限甜蜜的遐想，那是最棒的感觉，但这种感觉也会在其中一个人爱到至深时破碎，只剩下那个还没有爱到至深的人享受着。简单说来，你与一个人暧昧，一开始很快乐，可是当你爱上他、想得到他，而他并没有相同感觉的时候，你就会陷入痛苦之中。

有人说，暧昧是男人或女人给你设下的一个陷阱，其实我看过一些恋爱故事之后，深刻地体会到：一开始，暧昧是自己给自己设下的陷阱。

因为你不敢接近、不敢爱、不敢求、不敢面对，所以为暧昧制造了温床、制造了空间，让暧昧关系自然而然成型。

有一个很现实的关键问题是：如果你是一个天生具有女性魅力的女人，你不容易有暧昧的机会，因为男人都不想只和你暧昧，而想直接得到你。他的攻势是很强烈的。

如果你对于一个男人并没有那么强大的吸引力，男人觉得不错，还想多观察一下、试试看、接触看看，那么就会和你制造出暧昧的空间。比如说，今天跟你说你很美，明天跟你说要约你单独看电影，后天打电话跟你说晚安，可是他绝对不说跟你在一起，最多只说：

"你是很棒的女人，一定可以找到很棒的对象。"

"如果三十岁之后我们都单身，那我们就结婚吧。"

"可惜你的年纪和我一样，但我希望对象能小我三岁。"

"我不能和她分手或离婚，这并不可能。"

或者是说，如果你是道教徒，他就说他是基督徒，不能和基督徒以外的人结婚……

虽然以上只是一些说辞，但男人想表达的核心是"我们还要一起暧昧下去，因为我们都不讨厌彼此啊"之类的意思。

不安的女人想想，暧昧是进可攻、退可守的好办法，不会被甩，又不会被说交往很久都不结婚，所以干脆接受这种关系。这种关系也能维持，只要你一直不爱他就好了。

但不安的女人真的很难长久维持这种关系，因为她的内心好担忧，怕哪一天再也吃不到暧昧的糖果，所以最后总要为了结束这种担忧，而和对方摊牌，但到那时候，男人也吃干抹净想走了。

09.你直接面对你的感情对象

不安的女人只看逻辑经验和姐妹淘的见解，这是对恋爱最大的杀伤力之一。

小时候谈恋爱，一定要有一个军师，那个军师就是姐妹淘。平常你和姐妹淘平起平坐，可一旦你谈恋爱，姐妹淘就是神，因为她的看法和见解完全能左右你的爱情进度。

男人说爱你，不可信；姐妹淘说他爱你，才可信。

男人对你好，不可信；姐妹淘说他对你真好，才可信。

男人说他没有出轨，不可信；姐妹淘说他不会出轨，才可信。

　　一开始你和男人约会，男人看见你，很紧张的样子，是因为在意，但你看不到，只觉得他好弱，掌握不好约会流程；男人对你说话，吞吞吐吐，词不达意，是因为怕说错话被你嫌弃，但你听不到，只觉得他好弱，一点都不幽默，丝毫没有吸引力；男人没有气宇轩昂地问你晚上去哪里吃饭，是因为他比较在乎你想去哪里吃饭，但你感觉不到，只觉得他一点也没有主见。

　　你怎么看？怎么听？怎么感觉？你不能自己去感受，你要急着对姐妹淘诉说这一切，要姐妹淘认可，才安心。只是安心，但没有那么感动。因为你太不安，有点看轻自己，觉得男人让你安心就好，不可能爱到令你感动。可惜的是，你的不安就成全了你不安全恋情的命运。你没有感受到男人的付出，男人会觉得受挫，挫折多了他会看透，发现原来你们不适合。

　　不安的女人不想用自己的感受去了解爱情，她们只看逻辑经验，只听姐妹淘的见解，然而，爱情是那么精彩、玄妙、细致、难以捉摸，靠逻辑经验和见解，是抓不到的。

　　如果你想把恋爱谈好，就要学会去看，看见男人内心的风景；去听，听见男人心底的声音。如果你能看见、听见，那么这个男人才会是属于你的男人。如果你都只是通过逻辑经验和姐妹淘见解去了解一个男人，那么这个男人，就不是属于你的男人。

其实你可能只是在和姐妹淘谈恋爱

很久以前我是一个不安的女人，因为没有什么成功的恋爱经验，要认真说也没有什么恋爱经验。我相信很多女人和我一样，人生前二十年的时光都在努力使自己品学兼优，堆积着别人的罗曼史构造出来的爱情想象力。这想象力堆积得越丰厚，就离真实的男人越远。

一旦你开始面对恋爱对象，你就想要把恋爱套入罗曼史，但绝对套不进去，所以你就不安，就要到处求助，他到底爱不爱你？

你约会时不面对他，而是要巨细靡遗地记录约会过程，好向姐妹们报告，请她们解析一下到底你们现在是什么样的状况。

姐妹淘诠释得好，你就快乐；姐妹淘诠释得不好，你就不安，去质疑他。久而久之，他发现你看不见他，也听不见他，他觉得依然与你相隔遥远，就会很有失败感。

不要拒绝真实地了解彼此

我当时就是靠着姐妹淘谈恋爱的，后来以前的那个人对我说："可不可以拜托你的朋友放过你？"我现在想想，他想说的是："你能不能真正看看我、听听我、了解我？”

　　分手之后，我发现我从不了解他，包括他是怎样的人，对我有怎样的感情，直到我略知他的新恋情，知道他想要的很简单，可当时我想得复杂。实际上我对他感到不安，他也对我感到不安。我以为那样的男人必然怎样，他也以为这样的女人必然怎样，然后我们都拒绝真实地了解彼此。

　　我有些朋友年轻时也经历过这种遗憾，后来各自有了稳定的对象，去看看彼此后来稳定的恋情，心里有所遗憾，心想：如果当时就懂得爱情，能勇敢地面对真实的他，该有多好！

10.女人要大胆地去爱

没有出发的人生，就像滚动条上的地
图，摊不开未来。

无论你对恋爱再怎么感到不安，你也无法在人生课
程中免除恋爱课题，无论你是怎样的性向，都不可能。
你会被追求，你会有想追求的人，你会一直或轻或重地
卷入爱情旋涡。如果你不面对它，你就永远有一份遗憾
与失落。

最近有朋友说，她不想因为选错人而浪费时间，所
以希望能更确定对方是不是对的人，再投入。我以前也
说过，我不想浪费时间，我对一个短暂交往又劈腿的男
生冷冷地说："你真是浪费我的时间。"

　　我们都是这样的。不只是爱情，我们人生存在着诸多选项，如果选错了，都是在浪费时间，包括工作、事业、兴趣、家庭、情感……是的，并不是任何年纪都能重新再来。我们都要老去，筹码越来越少。

　　但很遗憾，我们都必须根据当下的智力和能耐去选择，因为如果没有选择，那些工作、事业、兴趣、家庭、情感就会空白，然后你会活得很苍白，好像从未活过。你面对着一份差强人意的工作、经济状况、事业、情感，总想着，等等吧，等到赢面很大的时候再说。

　　殊不知，想全面地赢，终究会全面地输。没有出发的人生，就像滚动条上的地图，摊不开未来。而出发的人生，就是打开了地图，随时以自己当下进步的智能和能耐去处理问题、解决问题、累积智慧，到达下一个人生阶段。人生没有全面的输赢，都是有输有赢。人生胜利组，是自己给自己的执念，也是给别人欣赏的，其实它并不能带给一个人真正的快乐和幸福感。

　　就像孩提时学走路，虽然走路是本能，但也需要跌跌撞撞才走得好，而爱情也是人的本能，也需要跌跌撞撞才走得好。女人的执念是，想要一次学好，不要分离，不要改朝换代，但这得靠运气，你知道，一次就成功，那得要多好的运气啊！

　　你可以小心谨慎，可以不承诺、不同意交往、不答应结婚，但你不可以不面对那个人给你的情感信息，你要试着相信其中一些信息，去把握住爱情的瞬间，不要太担忧被欺骗。我后来觉得，爱情也没有什么欺骗不欺骗的问题，就是坦诚面对自己当下的感觉，有就有，没有就没有。你想要走到永远，就要让有感觉的时间变长，没感觉的时间变短。爱情也没有什么结果，就是对应着彼此的眼光，一直走下去，如果眼光偏了，就拉回来，如果回不来，就放手。

　　爱情的初始，就是相处的机会与感受的用心。不要太在意结果，因为人生本来就没有什么结果，人都是在轮回中求一份更好的相遇。而所谓的永恒，我想是在有生之年，给自己一个不怎么遗憾的结束而已。因为有这么一个结束，才使我们更认真地去选择，但也因为有这么一个结束，才使我们更慎重地对待选择。我不知道哪个决定好，但我知道，没有出发过的人生，是苍白的。

11. 谈恋爱要以自己舒服为优先

> 我对爱情的憧憬，就是：它会是一个舒
> 服的地方，舒服到你不想离开那个地方一秒
> 钟，而不是为了拥有它而多么不舒服。

如果两人的关系让我感觉太不舒服，我会立刻反唇
相讥，进而沉下脸来抗议。如果我超过一天对对方不理
睬，那就是已经到心灰意冷的警戒线了。这个时候，两
人的关系就很难挽回了。

我以前对初恋男友有过无数次不理的经验，但当年
太嫩或是因为太爱，所以"往往救得回来"，就算我已
经心灰意冷到把手机号码换掉，也都会"主动爬回去"
告知他新手机号码。

但过了初恋这一关之后，通常就很难救回我们的关

系。也许是因为，我在爱情里已经变得强壮；又或许是因为，我已经看透他们虽然对我言听计从，但实际上一点点爱我的能力和决心也没有。

我会很直接要对方走开。因为在我的地盘上，不可以有让我不舒服的人。

你还有爱情选择权吗

女人所认定的真爱，其实定义非常抽象，抽象来说应该是："那个对象能使你感觉有如置身天堂般，打死不退的，确信生生世世都要爱下去的。"这应该就算是女人的真爱。男人没有什么实质真爱，只有对于当下身边那个人的爱，对于身边那些看得见、摸得到的花花草草的暧昧，以及对于得不到或失去的遗憾。不过这个奇幻之说要真落到具有时间和空间四个维度（三个空间轴和一个时间轴，依爱因斯坦的概念称为四维时空）的地球上，那个永恒就会变得很有限。

简而言之，在这四维空间里，没有女人所定义的真爱的那一维。所以，通常真爱若不是谎言，就是死亡。谎言和死亡，就是这四维空间剔除异己的方式。

事实上，随着空间推移，女人的真爱会改变；而随着时间推移，女人的真爱也会有那么一点飘移。

女人是应该和真爱谈恋爱，和真爱结婚的，没错吧?但万一恋爱后或结婚后，才发现眼前这个真爱似乎已经没有那么精确了，该如何是好? 重点是，居然如此巧合，你竟然还找到了更精确符合真爱的人⋯⋯这时候该怎么办呢?

我没有想过这样的问题，因为无论是婚前或婚后，我都觉得我有"爱情选择权"。

结婚时的誓言是期望，但若后来期望破灭也没有办法。虽然我是基督徒，原则上结婚不能是假的、应付的，但如果婚姻无以为继，我也不觉得该撑着就是了。

坦白说，我婚后比婚前桃花运还要旺，但我就是提不起劲和他们好好"外遇"一下。

我觉得外遇很累，但我的好友A可不那么认为，她可能视外遇为舒压或爱情真谛层次的事件。反正她爱情的层次很高，是我们这些平庸的女人无法企及的。我小时候曾经有过一次外遇经验，也就是小小劈了一下腿，约会了两次，还没笃定要弃旧迎新，就被旧人逮到了，当时神经紧绷到极点，无法反应过来，也就只能愣着看该怎么办就怎么办。但那不是重点，重点是同时失去了旧人和新人的信任，和新人之间的关系也无力回天。当然无力回天是技术性问题，而技术是会随着社会经验的丰富，随着人们变得更狡黠而进化的。不过我也没想好好深造这种外遇技术就是了。

直到有一天，我被工作惹得心烦意乱，如果再不找点别的事情做，我可能会冲动得去把某些人骂到让他们想跳河，或者是对他们提出警告。

（我的骂词会是：你他妈的一辈子都是井底之蛙，只会算计人家给你的好处，再算计那些不给你好处的人！结果你看看你，到老年之后一直到处灵修，寻求内心平静，是想反省自己的罪恶吗？很抱歉，你那表象为灵修，实际上只是欲望，只会越修越不灵！）

于是，我觉得外遇可能可以转移我的焦点，拯救那些我讨厌的人于水火之中，同时我自己也免于惹上赚钱之外虚耗心力的麻烦。

所以我大声地对A说：我想要外遇！A也很支持我。

于是我去找了一位最近对我显然很有兴趣的对象，问候，他一下，而对方也给了我还不错的响应。

直到日落之前，都还感觉不错。坏就坏在我日落之前就想通了如何对待那些把我惹毛的人。我太高兴了，立刻忘记我想要外遇的冲动。

我被A奚落了一顿，也只好摸着鼻子自认倒霉。在A的外遇理论当中，我也好好地反省了自己：为什么对于一个从头顶到脚底显然都不知道赢我老公多少倍数的人，我竟然没继续和他外遇下去?

我觉得我根本是有病。

但后来仔细想想，我觉得是因为在这个地方我觉得最舒服，还没有什么人能让我感觉这么舒服，所以我根本不想走开，即使只是一下下。

我好像没办法通过"条件式的比较"而选择情人。因为，条件都是他家的事，我只要我的地盘是舒服的。

找到你的Mr.Right

想要结婚，第一件事情就是找对象。

如果你现在18岁长得又萌又美身材又好，

那你没有找人的问题，只有"选谁和你在一起"的问题，

只要懂得保护自己珍贵的青春就好。25岁之后才要开始找Mr.Right，

也应该具备找Mr.Right的能力，

如果你25岁还搞不清楚怎么找Mr.Right，

那真的前途堪忧，就好像我现在这年纪还没生小孩一样堪忧。

但可怕的是，很多女孩到了25岁还在做梦，

在找现实人生中不存在的Mr.Right，

那结果不是一年又一年地等下去，

就是找到Mr.大骗子，

伪装成Mr.Right的骗子。

12. 爱情1-8-3定律，让你找到对的人

一个爱你的人，才是对的人。

两个地方八成没有对的人。

三个思考找到对的人。

　　静雯是一位二十三岁的上班族单身女性，一直没有对象，是因为她对爱情有一种梦幻式的挑剔，那挑剔叫作"心灵契合"。这两年来，长辈和朋友们介绍了一些对象给她，但她都觉得话不投机，至于那些向她告白的男孩，她则觉得太幼稚。有一天，静雯终于谈恋爱了，她爱上了一位在网络上认识的男人，虽然他们从未见过面，但奇妙的是，他却彷佛与她朝夕相处那般地了解她，甚至与她的兴趣相同：他们都爱看电影，喜欢思考，就连喜欢的电影情节，也是一样的。静雯觉得，她

终于找到那个命中注定、独一无二无、可取代的对的人了。然而，对方似乎不打算和她进一步交往，总是推说目前还没有谈感情的心思，或是说静雯年纪还小，他不愿意耽误她的青春。她陷入了感情旋涡，而他却还置身事外，这么令她揪心痛苦着的人，真的是对的人吗？

一个爱你的人，才是对的人

我的朋友A从年轻至今都在找"对的人"，他常常兴奋地跑来对我说，他找到真爱了，因为那个人和他多么契合，简直是生来匹配他的。我听了总是冷淡地说："那还不错啊！"因为通常再过三个月至半年，他又会找到另一个真爱。

我的朋友B也是真爱的信仰者，她对每一任男朋友倾心不已，都觉得两人是真爱，但不知道是真爱如烟火，绚烂却短暂还是其他原因，通常约会没有超过五次，都还没实质体会到那爱有多真，两个人便草率分手了。

我的朋友C时常在追忆以前那个花他的钱又对他很坏的前女友，说她是他的真爱。我想说那是因为你的人生没进步过，没能力再去追到一个不太花你的钱但对你比较好的新女友，所以才会在那恶劣的昨日大做文章。

爱情并不梦幻，一个人对一个人的好，都是实实在在、有凭有据的，所以什么是对的人？爱你的人才有可能是对的人，这是基本法则。

两个地方八成没有对的人

以前一位同事很爱在网络上交朋友，而且她似乎运气特别好，每一次都能交往到富二代，还是自己经营事业的，天啊，那简直是天上掉下来的礼物，令人好生羡慕。问题是，她最多只和这些"王子们"出去约会一次，就没下文了。对方不继续约会的理由如下：忙碌、生病、被伤害过不敢接受新感情、被老爹强行婚配的没感情的婚姻绑住，但他们却都是真的很爱她，离不开她。

而夜店人生则是这样的，那地方要找到约会对象真是非常快。有一天晚上我和朋友椅子都还没坐热，她就被约去别的地方了。三天之内，爱到最高点，据说连命都可以不要，可七天之后，那男人就叫她别打电话给他。我认识一些配偶栏上有人的人周末都在那里告诉陌生人，他们在找真爱。

以上这些感情骗子没罪恶感，他们觉得出来混的，就要知道这些潜规则。

想要找到对的人，不能乱枪打鸟，不要以为在浮华又虚幻的城市里随意游荡闲晃，就可以被雷劈出一个真命天子（或天女）来给你，因为通常被雷劈到的人，都是妖魔鬼怪。

三个思考找到对的人

第一个思考是：谈恋爱不能一意孤行。

请记住，太不实际的梦想，只有谎言能满足它。

无论男女，都要先好好爱自己、打理自己，让自己成为婚恋市场上的热门选项。你要让自己成为一个能得到爱的人，再从那些爱你的人当中，找一个你满意的对象。那个人才会是对的人。

第二个思考是：要有一份正当工作，有正常的交际生活，有正常的亲情互动。

这三个主轴，不仅是一个人幸福感的来源，更是选择对象的判断力支柱。简而言之，这三项其中一项有所欠缺的人，都很容易被他所欠缺的那个特质的人所蒙骗。

第三个思考是：要普遍地接纳别人。

不要一天到晚批判、否定别人，这会让人觉得你很负面、很难接近，如果你一直如此，即使因为外在条件够好，吸引了一些追求者，但他们最终也无法和你迸发出爱情的火花，通常因为你的批判，使这些恋情的持续时间都很短暂。

结语

　　其实爱情就是人生，你的人生走上了正轨，你的爱情才会一帆风顺。所以你不能不爱自己，不能不好好地经营自己的工作与生活。对的人，永远会在你对自己的看法正向、人生观正确、生活自在坦然的时候出现。如果你现在还没有遇到对的人，不用心急去遇见，倒是要好好地爱自己，把自己的生活过好，让自己散发出一种自信、自在的魅力，那样才能吸引别人来爱你，而你也能从这些爱慕你的人当中，选到一个和你心灵最契合，生活观与人生观最相近的人。

13. 好男人要怎么挑

女人一定要自立自强，把自己的人生经营好，你不靠男人而活，择偶条件就会很放松。

对于很多适婚年龄的女性而言，挑男人真是一个难题，然后我觉得男人也很辛苦，例如，他们最近就要想办法研究一下，看怎么让自己变成都教授的样子。

我先说一下我认识的一位资深美女挑男人的经历。

她十二岁开始收情书，那是家里后院矮墙后，军营附近高大帅气的军人越过矮墙给她递来的。她后来上学之后，因为长得太美，左右逢源，到处都有帅哥追求。她十八岁不到就结了婚，嫁给家世不错的"富二代"。"富二代"人长得普通，但爱死她了，可她就天生桃花命，是雄性生物就很难不对她抛媚眼，所以"富二代"吃醋无理取闹，然而他自己又没有吸引力，所以她跑了。

跑了之后，她以后交往的男朋友都是那种偶像剧男主角，又高又帅又会谈恋爱，但这些恋情没有一次好好收场。她二婚，对方又是高富帅，在南台湾年收入破百万，但只愿意留给她一点点家用，把老婆丢在家里稳定儿心，自己在外面逢场作戏，老婆咽不下这口气，几次把儿子带去酒店坐镇，却一直没有得到期待的结果，几年之后和他离了婚。

现在她快要年过半百却仍是一枝花，追求者还是如过江之鲫，我得说她长得真美，而且很体贴，能烧饭、洗衣、照顾家庭，她如今的男人，不是什么典型意义上的高富帅，可是给她很多家用，还带她到处玩，对她无任何要求，只要她陪伴他年事不是很高的母亲就好。

当她回首青春，想想自己为了那些看似风华、不可一世的男人，曾经历那么多坎坷又使自己伤痕累累，不觉一声叹息。原来，踏实的幸福感，才是最真实的幸福。

二十五岁之前的择偶

说起挑男人这件事情，真是不简单。我从小是读书派的，大概到二十五岁之前都没想过男人要怎么挑。然后爸妈也一直逃避女儿交男朋友之事，更别说耳提面命了。你知道，就是随缘啊、感觉啊之类虚无飘渺的东西。现在回想起来，我二十五岁之前，喜欢的如果不是对我很好的男人，就是具有自由特质的男人，嗯，只有这两种。我喜欢男人自由自在的刚强，当然对我超好的我也喜欢。但我不太能感应得到谁在追我，那些追求我的把戏，我真的无感。

我至今说不出以前超喜欢的男生有没有戴眼镜，以前超爱的男生身高多少。（好，认真想一下可能都有175CM，但这不是我的标准，只是巧合。）只记得他对我很好，或者他的眼神看起来自由、自信。

如果这是二十五岁之前的择偶条件，那么如今整合起来应该是：对我好，或者很自由、自信的男生。他们每个人看起来都很优秀，但那是废话，因为我求学过程都在很优秀的环境中，要认识不太优秀的男生也很难。

二十五岁之后的择偶

我二十五岁之后开始对多数男人反感，因为二十五岁太尴尬了。二十五岁之后的适婚年龄对象大概约是三十岁以后的男人，然后我那时看到三十岁以后的男人都觉得很恐怖。抽烟、酗酒、市侩、随便，不然就是个性浪荡的公子哥儿——我统称为死男人。

死掉的男人，不清纯也没有梦想，就是在地狱里闲晃的鬼。因为看了太多鬼，所以根本不想结婚。我十分相信女人不结婚不会死，最起码不用跟着鬼下地狱堕入无间道。

最近遇见了一位以前的朋友，年过四十岁的男人还没有鬼样子，有一种很安慰的感觉。我深深地感受到，人生可以不用多成功，但至少不能在还活着的时候就变成鬼。

你能不能成功很大程度上是由老天爷说了算，但你要不要变成鬼，是你自己可以说了算的。

我觉得这样的男人真是宝，可惜洁身自爱都没女人欣赏。

男人怎么挑

别人看我是大女人，其实我只要求公平而已。我是人，你也是人，而且我们都活在男女几乎平等的社会机制下，虽然还差了那么一点，但我很愿意多努力一点，争取和你地位平等。我们平等，我们才能永续经营爱情。我高兴，你也少负担。

所以，我不太喜欢说女生发人家"好人卡"这事情，这样就有了高低区别。没有在一起是很复杂的感情和现实状况，谁也没有发谁好人卡的问题。

在这个前提下，我觉得女人挑男人真的很简单，只要他很爱你，又有一份正当工作，就是可以考虑的男人。

你管他身高多少做什么？我看过身高比我矮的男人娶了一个比我高很多的女人，他们可是爱得很融洽的夫妻。不要顾忌优生学，我老爸身高只有160CM，但我老弟却身高180CM以上，那也是命中注定的。

你管他收入多少做什么？我不管，但很在意我能不能花到他的钱。花他的钱是我高兴，不是我需要。

你管他家庭怎样做什么？反正他爱你，他冲冠一怒为红颜，谁都不能说什么。

所以挑男人真的很简单，第一个就是他要非常爱你。爱你要从何判断？就是你说的话他几乎都会去做，而不是耍嘴皮子用一堆借口搪塞你。他怕你检查时觉得不合格把他甩了，这是真的重视你。

第二个是人格正常，就是相信努力会有结果的那种傻蛋，不会一天到晚想通过邪门歪道让自己早日开跑车、住豪宅的那种人。人格正常的男人你都不用管他，他自己就会管好自己，你和他在一起之后，可以马照跑，舞照跳，生活很惬意。

以上这两条才是挑男人的重点，至于其他的，都是附加条件，有了算赚到，没有就靠自己努力。女人一定要自立自强，把自己的人生经营好，你不靠男人活，择偶条件就会很放松，放松了你就可以只看以上两个条件去找，而且会活得非常自由自在又幸福。

14.什么都没有，至少要爱得爽

爱情根本不是责任，而是一种"在一起就很开心"的感觉。

　　我觉得女人要培养出欣赏帅哥的雷达，看到帅哥要有感觉，不要像我那只会念书的朋友阿曼达小姐一样，看男人都只能看见"五官正常"这件事情，以至于后来她交往了一个自诩美男子的坏蛋欺压她，都还不知道要逃之夭夭。

　　女人要培养自己欣赏男人的品味，属于自己的，不要让别人来左右这个品味，就像我的朋友S小姐从来只交往大她两倍的巨型男，遇见这种男人就心跳加速、血脉偾张、全身细胞都打开，可以兴奋好几天。

　　要知道，这种感觉有益健康，不管你是看见金城武还是金秀贤，只要是让你想扑上去啃他一口的，就对了。

为什么这个很重要呢？因为最近我遇见适婚年龄的朋友，老抱怨不知道和这个约会好还是和那个约会好，我就说，看你想扑到哪一个人身上，那一个人就对了。可是她竟然对我说，都还好，顺便要我帮她看看哪一个比较帅。

惨了，我看的是那个身高165CM的很帅，所以她就去和165CM男约会吗？

女人活到这般田地，只能说是传统教育造就的，不知道自己要过什么生活就算了，连自己喜欢什么样的男人都不知道，那真的只有被男人欺骗的份了。

就好像我常说的阿曼达小姐，从来不知道自己要什么样的男人，突然糊里糊涂地被追求一阵，就恋爱了，而且搞不清楚男人爱她还是不爱，总之，在一起了，只要对方不提分手就不分开。男人花心又无赖，多年来像只寄生虫，吃她的、花她的不说，还时常贬低她没人要，再依心情决定要不要出去花心一下。

以上基本款的忍耐，很多女人都有，但她们多半很爽，因为至少当她们扑上去的时候很爽，可阿曼达小姐没这种感觉，她只当恋爱是一种责任，女人爱到这种地步，才叫真正完蛋。

所以我说，不管你要爱得多聪明多、愚笨，但前提一定要爱得爽，要有那种没见到很忐忑、见到了很赚的小确幸。爱情里的曲折离奇、光怪陆离、是非曲折数也数不清楚，但至少在相爱的当下，你要有赚到的感觉，那才是对的。

15.以貌取人大不智

男人的帅，是帅在面对事业霸气；而男人的俊，是俊在对待女人温柔。

我个人是"外貌协会"的支持者，喜欢长得好看的男人，我还特别研究过帅哥的基本条件，什么都不重要，重点就是鼻子：基本上鼻子长得挺的男人，若不是帅哥也是潜力帅哥。你去看看那些偶像剧里的男主角，眼睛可以小，嘴巴可以大可以厚，但绝对不能是塌鼻子。

我经常对帅哥犯晕，现在也是，以后老了也会是，我觉得这样很健康。

不过帅哥就真的是Mr.Right吗？那可不一定，在我心里一向不这样认为，帅哥和Mr.Right是两码事。

但反过来说，看朱成碧，Mr.Right看久了就很帅。尤其是男人，往往帅在气势，帅在驾驭天下的雄心，而不是帅在身高五官。

女人越局限于身高、脸蛋这种小鼻子、小眼睛的眼光，就越容易错过Mr.Right，这会让你只在意烛光晚餐和送你花的人，有没有匹配当下的美景，有没有营造一个偶像剧的氛围，但是忘记了男人会不会为你冲冠一怒为红颜，而这种万夫莫敌的气势，才是重要的。女人忽略了这个，谈起恋爱来就不踏实，总觉得男友像是"约会用品"，而不是相伴一生的良人。

以前有个不太高的男生追求我，姊妹们都追问我有可能喜欢他吗？而当我托着腮倾听他的理想抱负以及敏锐的眼光时，觉得这个男人帅呆了，怎么可能不喜欢？可惜他的勇气高度没有他的思想高度这么高，所以没有在一起。

我家先生也不是以外貌取胜的男人，我记得第一次见到他的时候，他的穿着打扮根本是典型的宅男，一点都不亮眼，我还打电话对姊妹抱怨，怎么沦落到跟一个宅男约会？可后来我一直和他约会，因为他的眼神很清澈，心思坦荡正直，很帅。

在这里我不免也要出卖一下好友Y，她的男人实在超级不帅，可是他们交往才两个月，他就把工资卡其中一张给了她，尔后结婚，男人每天接送她上下班。男人总说她笨，要保护她。这样的男人怎能不帅？

当然，年轻时都追求"约会用品级"的帅，可是当你遇过一个男人伤害你时哭得比你还要大声，当你看到那副得了便宜又卖乖的丑样，彼时就算他长得像金城武，有志气的女人还是想逃之夭夭。

人的长相可以丑，但人格可不能丑。你以为人格丑不算什么，但你知道为什么某些男人年近四十都还青春如绿草，而有些却已经崩坏到面目全非？不要不信，相由心生，人格丑久了，就是会反映在外貌上。

16.你是在寻找幸福，而不是在选购约会配件

约会配件型的男人通常廉价，只在表演
约会时管用，其他时间都不管用。

姐妹淘们最爱交换的心事之一，就是"理想中的
对象"要具备什么条件，这个问题根据年纪不同而略
有调整。

没谈过恋爱的时候，是"理想的男朋友应该是什
么样子"，这一题很好回答，第一个条件是"帅"，第
二个条件是"帅"，第三个条件，还是"帅"。没有办
法，小时候也不认识男人，唯一能确定的是，只有帅才
能激起女孩们心中的涟漪。

谈过恋爱之后，理想的男朋友"绝对不要像上一任
男朋友那样子"。如果前男友是个大男人，那接下来要

选一个体贴入微的暖男；若是前男友优柔寡断，那接下来要找一个特别有男子气概的猛男。

当然这些条件也随着偶像剧和日剧潮流略有调整，譬如以前的人爱刘德华，后来有人爱上Rain，最近换了金秀贤和李敏镐，而正巧具有这些偶像特质的男人，就很容易吸引女人。

到了这样的年纪，女人已经知道自己的理想对象是什么样子了吗？不，还不知道。

适婚年龄到了，要找"理想中的另一半"，这时候女人才认真参考现实条件，例如，多金、社会地位崇高、有责任感、有家庭观念、懂得包容又能给自己自由等等。

我发现无论是适婚年龄还是超越适婚年龄的女人，99.9%对"理想中的另一半"开出来的条件几乎都一样。

这就很神奇了，分明是不一样的女人，怎么都一致觉得和某一种男人在一起最幸福呢？

啊！原来，其实她们不是在找"理想中的另一半"，而是在寻找"婚姻配件"；而更年轻时，是在找"约会配件"。

约会配件具备以下条件：

1.百分百帅；

2.有钱；

3.肯付钱；

4.有四轮车；

5.身上有个Prada皮夹。

6.皮夹里有张白金卡级以上的卡。

至于婚姻配件具备以下条件：

1.70分帅；

2.有钱；

3.肯付钱；

4.有房子；

5.往后有家产可以继承；

6.有高尚的社会地位。

几千年来，女人恨死男人物化女性，不过从婚恋市场条件看，女人物化男人的狠劲也不逊色。曾有男人悲伤地说，女人不过就是在找名牌包、挑夫和提款机而已。

现代人离婚率高，单身率更高，实在是因为，男女对婚恋的思维都只想到配件层次而已，还没有想到"量身打造"这一层次，就去结婚了。

如果你的肤色不够白，为什么要去穿一件淡蓝色的洋装，让自己看起来更黑？

如果你讨厌被指挥，为什么要去忍受一个对人颐指气使惯了的男人？

如果你的个性老实软弱，为什么要去找一个对每个女人都想要下手，永远让你心惊胆战过日子的男人？

所以，当下一次再度思考"理想中的另一半"，除了"配件条件"之外，不妨也想想为你量身定做的条件，应该是什么？

17.乱枪打鸟就是打不中

女人不必追求被很多男人爱，因为那种爱，多数是想占便宜的。

女人在爱情里也有权力欲望，但这种权力欲望不是用来指挥男人爱自己的，而是选择权。女人对于被爱这件事情是贪心的。

被很多人爱，再从其中选择自己的爱，这样很方便。

被很多人爱，再让他们彼此牵制，竞逐出最爱你的人，这样很轻松。

但是人很奇妙，不是选择越多，选到好对象的机会就越多，其实这和会不会选关系更大。

男人一起来追你，和一个接着一个来追你，结果不会相差太多。对于会选的女人，怎样都会选到好男人。

有些女人等待了八辈子都没有选择的机会，可就那么一天，终于有人来追了，她当机立断下手，那个人正是良人。

有些女人从来不缺追求者，可她从来没有一次选对。

有些女人以前选错了，后来有了智慧，就选对了。大多数女人都是这一种。

所以开乱枪打鸟是没用的，最重要的是，要学好射击技巧，当天空中有鸟儿飞过，要能对真心想要的那只凤凰百发百中。

现在很多女生崇尚整形、减肥、化妆、打扮，有人将这些看成是爱自己的行为，也有人看成是吸引更多异性追求的活动。为了招揽很多鸟儿再乱枪打鸟，这是错误的。

整形、减肥、化妆、打扮应该适可而止，因为那些事情实在很花心思和时间，你以为那是为了追求爱情的准备工作，但其实都是自恋的杂务。女人应该把心思放在充实自己的脑袋上，脑袋有了美感，外在自然就会美起来。如果你的心里是美的，有很多美的想象，你自然就会筛选衣服、包包、鞋子，以及男人。

你阅读、思考，懂人的心思，了解人的需求，能够在人际关系中游刃有余，就会得到周围人的好感。

你有知识、幽默，说话谈吐得宜，自然就能吸引人。

这些就是打鸟的技能，打鸟是要这样打的，让鸟直接飞到你的枪管上来自杀，懂吗?

18."妈宝"请止步

现代女人择偶最大的地雷区，已经不是花心的男人，而是"妈宝"。

我的朋友前一段时间经历了一个忧伤的故事，但是我要先从他们浪漫的爱情故事来说。

浪漫的爱情故事应该要有个"人生胜利组的男主角"，这个故事里的男主角便是如此，高大帅气、家境不错，他在大学时追求到貌美如花的校花，与她成为班对，从此两人过着只羡鸳鸯不羡仙的生活，爱情长跑八年后步入婚姻殿堂，很快就拥有了共同的爱的结晶。

两个人进入职场，都幸运地得到很好的工作机会，而且发展得很好。两个人的家庭生活，便是"人生胜利组的家庭"。

一切都非常完美，直到有一天，男人突然开始越来越晚回家，回家之后也不交代行踪，都推说是同事聚会晚了，如此持续一年，男人在家说话越来越少，对儿子也不闻不问。妻子频频向他质问，也没有得到想要的响应，搞得心力交瘁。

最后妻子受不了这样的夫妻关系，向男人摊牌要离婚，结果呢，只见男人瘫坐在床上，一脸痛苦哀凄。

"我不能当一个离过婚的男人，太丢我妈的脸了！"男人说。

我可以想象得到，当朋友听到这句话的时候，那张美丽的脸有多扭曲！

他折磨了她整整一年多，没有一句交代或道歉，只想着"我不能丢我妈的脸"！

原来，这一年来，男人因为升迁，面临极大的工作压力，同事对他眼红，一起合计算计他，使他面临有生以来最大的挫折。他面对自己的家庭，压力也很大，不能再负担作为丈夫和父亲的压力，所以每天晚上他就逃回老家，对母亲哭诉自己的际遇真不好，哀叹为什么别人要这样那样对待他。

最后，母亲承诺，如果真不想工作就算了，家里还有点资产，可以养他们一家大小，但绝对不能离婚。

我的朋友决计不要和眼前这个男人继续生活了，拿出离婚协议书给他签，他还当场先打电话问妈妈。

　　"妈宝"在这十年间像瘟疫一样传开，男人变得很小心眼、爱计较、很脆弱、没担当，可怕的是他们看起来都光鲜亮丽，很像"人生胜利组"，为什么他们看起来像"人生胜利组"呢？因为他们是妈宝，妈妈动用了所有资源去堆砌他的外在、学历和社会地位。所以我才会说女人如果以客观条件去选择男人，是非常危险的，因为"妈宝"蔓延，你没准就会遇见一个。

　　"妈宝"还会变形，如果你是一个太有责任感又太有能力的女人，那么他结婚之后就会变成"老婆宝"。他养尊处优的习性绝不会改，要他改他就会死给你看。如果他不改，你又不离开他，那你就等着快速老化，在四十岁之前变成黄脸婆吧。

　　所以，这个时代最可怕的已经不是那种花心滥情的男人了，而是这种"妈宝"。

19. 注意"妈宝"的特质

在所谓年轻、多金、帅气的男人当中，
太多隐藏型的妈宝。他能那么好，都是妈妈
给的。

我后来太有幸观察到一位典型"妈宝"，算是增长
了见闻。

"妈宝"从来不走出房间，二十多岁的男人，赖在
家里当啃老族，连中午吃饭都要妈妈出去买便当，而且指
定配什么饮料。如果"妈宝"去面试了，回家会说工作太
辛苦、工时太长薪水太少，妈妈就主动要他别去了。

"妈宝"要吃饭，妈妈要全程伺候到底，包括准备
碗筷、椅子、桌子，还要添好饭，怕儿子不吃，还要再
三央求儿子从房间移驾到餐厅吃饭。

我看了简直快哭了！为什么我从来没有过这种待遇？

"妈宝"不出门，因为面对陌生人都有严重的压力。

以上是典型的"妈宝"，还有隐藏版的"妈宝"，情节比较轻微的。

选女朋友，要妈看得过去的；选老婆，要妈妈喜欢的。名为孝顺的他，执行人生都看妈妈喜好，不敢有自己的意见。

表面上看来是孝顺，实际上就是有点恋母情节，因为妈妈太成功、太有能力了，他肯定妈妈但永远怀疑自己。

他们也无法向妈妈证实自己有能力解决各种烦忧，包括已经不再尿床了。这么怀疑自己的男人，就是隐藏版的"妈宝"。

"妈宝"算是这个时代社会变迁以及亲子关系转变的产物，我不能说这种教育是对还是错，但可以肯定的是，这种男人，绝对是女人不能要的。在"选择Mr.Right"这一个题目上，女人实在用不着太多社会学理论和心理学知识，也不必身兼亲子专家或心理专家，只要一心执念：你，就是要吃好的、用好的，而且要交往好的男人，至于"妈宝"的人生，真的与你无关。

20. 挑男人最重要的条件是：爱你

谈恋爱就是要挑爱你的男人，不然何必浪费

时间去爱？

网络上流传一篇小S看男人的论点，什么大爱助天下都不关你的事情，最重要的是，他有没有爱你。我觉得这篇文章太令人觉醒了，要点100个赞。

以前女人是附属品，男人好了算得上她一份，男人优了也算得上她一份，男人若是人格完美、备受尊重，又算得上她一份，于是女人就东拼西凑男人的好处，勉强凑出自己的人生样貌。

也就是说，女人不太清楚自己的人生是什么样子，也不知道会把自己的人生经营成什么样子，但是她通过挑对象的过程，表达出以后的人生要过成什么样子，生活的梦想是什么。

有一天我听见年轻女孩立志要嫁给政治人物，做某某夫人，我都快哭了，这都什么时代了？做某某夫人很骄傲吗？看看周美青女士都不是很想做某某夫人了，她想要做自己，至于做某某夫人是十分勉强的。

人都是独立的，实在不需要追求沾光这件事情。如果你追求沾光，你就要有对等的光明去交换，那是交易而不是爱情。

可以说，一对情人中的两个人都是各自独立的，只有在生活和情感上是互相扶持的，至于其他条件都是为了使这个互相扶持更省力一点而已。

比如说，如果你们收入相当，你们彼此在经济上的扶持就比较对等，不会一边重一边轻；再比如说，如果你们的社会地位相当，你或他就不需要一天到晚感觉很多地方不如对方（或相反）。

如果客观条件相差太多，人性很难突破，总会觉得自己一直依靠对方生活，或是对方蚕食着你的资源。我认识一位朋友，后来离婚时，无缘的另一半对她说："你于这个家，是没有贡献的。"

听起来很残忍，却是事实，为什么可以说得那么残忍？当然是因为感情不够好。如果感情够好、够爱她，就算她每天宅在家里什么都不做，也不带小孩，对男人来说也已经足够了。更何况她还操持着家务和带着小孩。

所以我说，挑男人最基本的条件，就是要很爱你，没有你会想死，至于他有多风光、多了不起，若是他不爱你，一点点都不会分享给你。

21. 爱情和面包都要

面包就是男人的资产，包含有形的资产
和无形的资产。有形的资产是财产数字，而无
形的资产是正向、良好的人格特质。

以爱情来说，幸福是一种情感上和现实上都能达到
协调的状态，爱情和面包同样重要。长久以来，这也是
每一位年轻女性都会遇到的选择题。其实我觉得它不是
一个选择题，也不是复杂难懂的申论题。爱情与面包本
来就是同一回事，要参透这一点，女人才能幸福升天。

想要爱情又想要面包，最重要的是找对人。

没有能力的男人不会有面包

有些男人命中注定没有面包，即使有，他自己一个

人也不够吃，更不要说分给你吃了。他之所以命中注定没有面包，是因为他没有能力自己做面包或买面包，也没有能力保存面包。所以如果爱上这种男人，我建议你放弃。因为一个男人"四大皆空"到这种地步，他也没有爱情可以给你，他自顾不暇。

一个男人的能力包括人格能力、赚钱能力和处理人际关系（包括爱情关系）的能力。有能力的男人才会一直有面包。真心爱你的男人才会大方地给你面包。如果你要爱一个没有能力的男人，他既给不了你面包也无法给你爱情；如果你要爱上一个不是真心爱你的男人，大概顶多只能吃到一点面包屑。

所以我认为爱情和面包是同一件事情。爱对了人，爱情才会是真实的爱情，面包才会是吃得到的面包。

或许很多女生以为"hold住"男人才能得到他的面包，所以拼命学心机和手段延长男人对自己的兴趣，但其实你可以这么想想——如果一个男人这么好拐，面对这个比你的心机和生存目的性还要强过一百倍的尔虞我诈的世界，他有能力得到他的面包或保存他的面包吗？

想要抓鱼不可能不弄湿衣服，想要偷鸡不可能不蚀把米，欺骗绝对不是爱情里高明的手段，因为为了圆谎，可能到最后你自己也会被剥掉一层皮，大家两败俱伤。

　　所以，后来如果有女人跟我说她唬得过她的男人，我就很想劝她为了爱自己，别走那条不归路。有的男人虽然看起来白痴，但真的没有那么白痴。如果他真的那么白痴好唬，那他就是一个没有能力的男人，他的面包就会越来越小。

　　当然世界千奇百怪，也不是没有那种就算知道自己被唬也有能力而且甘愿给女人面包的男人，那种男人是凤毛麟角，女人还是不要把一般当成特例经营比较妥当。这就很像如果你在网络上总是特别容易遇到那种多金帅气又超爱你的男人，遭遇"仙人跳"的比例大概高过于现实爱情N倍。

有能力的男人才有面包

　　我说的有能力的男人不只是赚钱的能力，还有经营生活的能力。你知道吗？我们每一天的资产都在微量的改变中，而其中很大的一部分是耗费在"花钱消灾"这件事情上。

　　"花钱消灾"这种事情我太有经验了。举例来说，以前情绪不好的时候，就会花钱买名牌消灾；情绪低落的时候，就会想去吃大餐安慰自己一下；感觉"hold不住"生活、生活一团糟的时候，就继续购物（那至少是当下自己唯一能"hold住"的事情）。

我的朋友也曾经因为怀疑专柜小姐看不起她的消费实力而多买了几件她根本不会穿的衣服。这也是花钱消灾的一种，消"没自信"的灾。

男人也花钱消灾，例如花钱买单买面子，花钱买礼物安抚女朋友，花钱请女朋友吃饭……花钱可以避免很多麻烦。不过这些暂时不想处理的事情久而久之也就完全使人没有能力处理，结果这种花钱消灾就一直消耗他的资产。

没有能力处理工作以及人际关系（包括爱情关系）的男人，就只能花钱消灾，所以他的资产都是拿来消灾用的，都不是拿来产生更多资用的，更别说抗通货膨胀了……

如果一个男人可以用智慧轻易地处理这些问题，那么他的人生就没有"花钱消灾"的问题，只有"花钱得到幸福"的任务。这是"补债务"和"投资创业"两种截然不同的资产分配方式。

一个人最大的债务就是他自己。他有多少无能为力、多少跨不过的槛，他就注定要还多少债务，包括有形的和无形的债务。

　　但有能力且人格正常的男人，就没有那么多债务要还，他积极向上的人生观就是他最大的资产，他的乐观冷静就是他最大的资产。他不用还债，当然资产都是在累积而不是被虚耗。

22.未婚熟女如何面对婚姻大事

> 爱情的重点是：你有没有因为他而快乐？他有没有因为你而快乐？而结婚的重点是：你能否与他相处？与他的家人相处？他又能否做到同样的事情？然后，你们有没有向往同一种生活？

我很想知道你对于婚姻生活的想象，你自己期待它是什么样的生活？如果你还不能想象出来，我认为你还没有结婚的念头，有的只是逃避孤独和家人逼迫等压力的念头。而"逃避孤独和家人逼迫压力"和婚姻一点关系都没有。你不会因为结了婚而杜绝这些压力，如果你并没有想好要过什么样的婚姻生活，没有一个目标，那么结婚之后各种琐碎的压力立刻又会扑向你。你结了婚，家人还是会给你生子的压力（还是双方家人一起施压），别人还是会对你的婚姻生活说闲话……这些事情是面对不完的，除非你有一个非常向往的目标，你才会有力量去面对生活中的各种压力。

这一点很重要。举例来说，你要和你的丈夫非常相爱，有生活共识，你们就会把别人给的压力看得很轻，能处理得好，这样才有幸福的婚姻生活。

所以我会劝你暂且抛下"剩女"的问题，想想婚姻对你而言究竟有什么样的吸引力。

母亲关切你是否结婚是正常的，因为她希望有人能够接手照顾她的掌上明珠。这是出自于爱，也许表达方式不恰当令你生气，但你要清楚这份爱，别在争吵中耗损母女感情。

你说自己与别人相处时总是很别扭，你自尊心又很强，害怕别人拒绝，可是在外人看来或许你是个很挑剔的女人。这一点，我想是更重要的。它的重要性不是在于你找对象会有问题，事实上，我认识太多女性有这种特质，也都找到了合适的对象。如果是一个真正欣赏你的男性，他一定能克服你表面上展现出来的抗拒，看透你内心真实的想法。

我希望你重视"自尊心太强"这个特质，是因为这样生活着会不快乐。我们来到这个世界上，就是为了与他人不断地擦出火花，去经历一切快乐悲伤之事，并且从中获得启发，帮助我们与他人相处得更愉快，自己也过得更快乐。我们主动去对别人示好，接纳别人，一定是有机会被拒绝的，为什么？因为对方可能正好心情不好，或许不了解你，或许他和你一样自尊心很强……任何原因都有可能存在。但是为了害怕被拒绝而错失认识一个很棒的人的机会，实在可惜。拒绝别人的同时，也拒绝了自己的机会。

人之所以那么害怕被拒绝，是因为太看重自己一时的尊严，却太看轻和一个很棒的人相处的快乐。换个角度说，是太爱自己，遮住自己的双眼，不愿意去看看美丽的世界。我们面对友谊、爱情、工作伙伴、家人，都需要展现一种大方宽容的态度，才能把各种好的感情纳入自己的世界。

至于如何改变这种特质呢？我想大家有几点可以做。

第一，多欣赏别人身上的优点，那是你想与他认识的动力。

第二，多去体察别人对你的好，那是使你更有信心向他靠近的动力。

第三，多接纳别人与你不同的性格，因为这个世界是彩色的，正因为每一个人都不相同，所以才会使世界充满美丽。

第四，多原谅别人对你的伤害，因为他们不是针对你，是针对自己一时的情绪。

第五，不要自己吓自己，杯弓蛇影地生活着。把担心放下，面对当下的现实，当下和你交流的人，别写下恐怖剧本给自己读。

确实，有很多人是因为你的条件而靠近你，但不是所有人都如此。而且你要相信自己，"就算遇见了那样的人，我也有能耐阻止他伤害我。"你可以放心的是，你的交往对象还需要通过长辈那一关，长辈们见多识广，他们比你更能看清一个人的真面目。婚恋不是目的，而是细水长流的幸福，从爱情到婚姻，都需要持续不断地努力。我希望你能够先多认识一些异性朋友，先顺从自己的心去和他们相处，看看自己对哪一位比较有感觉，再体会他对你是否有足够的热情。与朋友交往也可以从朋友的朋友、外地的朋友开始，不需要给自己设定界限，很难说你的对象是不是正在天涯海角，你得先越过栅栏才能找得到他。

包括物质条件、年龄条件，我都觉得没有必要设限。爱情的重点是：你有没有因为他而快乐，他有没有因为你而快乐；结婚的重点是：你能否与他相处？与他的家人相处？他又能否做到同样的事情？然后，你们有没有向往同一种生活？即便没有，至少也不要落差太大。

最后，我想说，要相信自己是值得被爱的人，就不会觉得别人靠近你是有目的的。我相信你所说的那些人当中，有人确实是有所觊觎而来，但不一定每一位都是如此。也许有人就爱你那固执不肯低头的劲儿。

无论是爱情或婚姻，都没有百分之一百的纯度，一开始或许是因为彼此吸引，随之而来的现实是"我和你在一起有没有生活得更好"，你也要这样评估未来的爱情。有没有生活得更好？不只是建立在金钱之上，更是建立在彼此对于彼此生活、心灵上的支持力量之上的。能否使自己活得更快乐？短期而言，我们需要金钱、外貌条件支持婚恋，但就长期而言，却需要智慧和心灵的力量去支持婚恋里的幸福。

23.单身女该怎么找到春天

与其盲目地参加各种婚恋、相亲、聚会，不如学会好好欣赏一个人，并且和他好好地相处下去。

人在家中坐，情人会从天上掉下来吗？想都别想。要知道，爱情是人际关系当中的一环，所以你首先必须懂得和各式各样的人相处，了解别人所在乎的事情是什么，这很重要，因为没有比"赢得人心"更好的吸引力了。

人与人之间通过面对面的相处、感受，那种情感才会真实深刻。

1.宅女请先减少上网时间

小卉是个宅女，她平日除了上班不去任何地方，不参加任何聚会，因为她在"脸书"和游戏网里有自己的生活圈，她使用网络购物、订餐、搜寻数据、交朋友、聊天。她很骄傲网络解决了她生活的各种需求，而且通过网络解决需求最省钱。

"现在物价这么高，出去吃饭动辄500、1000台币，我一个月工资也才2万多台币，哪有那么多钱交朋友?我连买衣服的钱都不够用。"

小卉还很会算，她虽然以"宅"为人生主轴，可是只在家里使用网络，手机还是用旧款，只能打电话的那种，话费都不会超过188台币。

小卉的确是个小富婆，才工作两年就已经攒下三分之一的薪水作为存款。

小卉谈过几次恋爱，都是游戏里的战友，再不就是论坛上发文"臭气相投"的盟友，那种心领神会的爱情，是外人难以理解的。只是，那种恋爱谈多了，也感觉空虚，因为一旦关上计算机，她还是觉得自己很孤单……

现在网络发达，智能手机也很方便，就连我自己都是手机控，一忙起来，和朋友一年见不到几次面，多是用网络在关心彼此的近况。不过我还不算宅女，因为工作需要，还是常常认识新朋友。

　　我发现近年来信咨询我感情问题的女孩，她们的对象多是在网络上认识的，你也知道，就算面对面地找到一个人谈恋爱，都有那么的模糊地带和不确定的因素，那就更不要提和那些网络代号谈感情了，因为连你的对象是男是女都很难说。

　　除了无法掌握对方现实的状况之外，没有实际面对面交流的感情，也往往流于空谈。举例来说，有一天我和我家先生出去吃饭，他一直傻傻地看着我笑，眼神好像第一次出来约会一样甜蜜，我问他到底怎么了，他说原来你很矮耶（因为我穿平底球鞋）。我发现，原来男人不喜欢和女人肩并肩走路，如果女人比他们矮一点，他爱情的feel就会好一点。像这种交流，是无法从网络交谈上体会到的。

　　现代人语言能力都很好，要说出几句好听的话一点都不难。我觉得在网络上对话很像是在读小说一样，只是有个看似真实的对象，把小说里男主角的对白说出来，但就少了一点实际的互动，例如，在餐桌上温暖地谈话，传递食物，同时感受外面的气温、身边人的体温、食物的温度、语言的温度等等那些复杂的感官体会、体现出来的真感情。而没有真感情，爱情就很难谈得上真实的感动，更不会有理想的结果。

　　因此，3C宅女们，请暂且放下你们的网络游戏、平板电脑和智能手机吧。如果在网络上认识了什么人，都把他们约到现实生活来做朋友，这样才能够更了解彼此，也更能细腻地体会到爱情里的真滋味。

2."腐女"型宅女请先走出家门

小真是个内向封闭的女孩子，虽然正值花样年华，但没有什么朋友，也不懂得与朋友交往，更糟糕的是，就算有朋友约她出去玩，她也都婉拒。她不喜欢出门逛街买东西，也不喜欢和朋友一起喝下午茶聊是非，因为还要打扮自己，还要搭乘交通工具出门，那一切都令她觉得很累。周末她宁愿待在家里拿着遥控器到处转，饿了就冲泡面吃，累了就躺回床上睡觉。她就是这样，不热衷于参与别人的生活，觉得这样平平淡淡过日子很好。

可是小真的房间里堆积如山的言情小说出卖了她，她其实非常向往爱情。不过没有人知道罢了。

别人看她，就是一个对爱情冷冷的宅女，对男人没什么兴趣，然后人际关系又很弱，这会让人觉得有点恐惧，不了解她在想什么？她到底是杀人狂还是女间谍？

虽然她长得很美，但与人相处始终保持距离，她不太表现自己，也不介意别人如何误解她，如此一来，青睐她的人很多，但真正着手追求她的人却少了。

处理人际关系，是无法纸上谈兵的，因为每个人都有自己的个性和环境以及交友圈，必须靠着自己和他人不断地接触、撞击、改变、修正，才能取得自己人际关系的圆满。

因此，如果是"腐女"型的宅女，建议你时常和朋友出去聚会，一起唱KTV，喝咖啡，聊是非，试着去找到"与别人相处过程中的乐趣"。譬如说，一起说老板的坏话，一起聊聊美妆和减肥的秘决，或是一起说男人的坏话，交换百货公司和超市的折扣信息；就算是一起去唱KTV，当那个付钱的分母也无所谓，因为能够分享别人欢乐的时光，沾染一些快乐的正能量，那是无价的。

你不但要这么做，而且要把这些当成正事去做，要排到行程表当中，强迫自己每周五晚上和朋友聚餐，周末固定找一天和朋友逛街，你只有这么做，才能将自己从"腐女"或"类腐女"的泥淖当中拯救出来。当你开始这么做之后，你会发现，通过这些看似无意义的聚会，你会和别人产生一些思想上的共鸣，或是兴趣上的契合，而且还可以找到某种令你愿意费时费力去完成的兴趣。

这就对了，当你有了兴趣，你才会发光，而当你有了光芒，才能吸引到对的人，到你的身边来。

24. 小资型宅女请先出门花钱

不要舍不得为自己花钱，否则，就会招
来男人花你的钱。

小资型宅女阿雅的生活令我大开眼界。她现在
二十三岁，刚走入社会，就在为她人生的第一个房子努
力存钱投资，所以生活过得很拮据。她从小被教育"钱
是不够用的，所以有钱一定要都存下来，除了吃饭和必
要的生活开支之外，不可多花一毛钱"，而她也对此规
则深信不疑。

阿雅认定吃是唯一值得花钱的项目，但却不能吃得
太好、太贵、太浪费，所以她把分配好能花掉的钱都拿
来吃，举凡最好吃的面包店、拉面店、牛排店、新零食
产品、网购第一名美食……她都坦然享受。

但就是连一毛钱都不愿意拿来买一件好看的衣服，就是舍不得去好的美发店给自己设计一个迷人的发型，还舍不得付上网的费用，让她的朋友随时可以找得到她。

阿雅的生活哲学就是一切从简，花最少的钱把自己顾好，再把账户顾好，人生就很美好，至于吃，就是她这种简单生活里的小确幸。

不过随着年纪越来越大，阿雅却越来越寂寞，因为朋友越来越少，而且别人聊的话题，好像是另一个世界的事情，他们彼此无法理解对方。年轻的时候，穿着一件T恤，看起来如此青春洋溢，可是到了一定的年纪之后，她偶然看见镜中的自己，怎么看起来那么狼狈？节省了那么多年，生活中唯一灿烂发光的，竟然是她锁在抽屉里的那本里面存款有6位数字的账户。

这些年来，所谓的小确幸和小资经济学，成为社会的显学。因为商业与经济为了迎合人类的行为，从来都不会纠正你，更不会告诉你这样的生活太遗憾，只会鼓励你：真的，不要出门，出门会需要花钱，所以你最好在家里上网，动动手指，看哪一家购物网站有折扣活动，买那个东西；再看看哪一家团购的优惠比较多，买那一家的商品。

在家花钱真的比出门花钱要省得多，管理财务的人都知道：出门，是需要花钱的；窝在家里，就会比较省。

　　不过话又说回来，你的人生，是拿来节省的吗？你不值得多花一点点钱吗？

　　你说，因为钱难赚，只有2万多点台币，而且实在也没有出门的必要，倒不如把钱省下来，养老养病，把钱拿来预防"万一失业"的那一天。

　　不过赚了这么多桶金，你却依然独身一个人，或者是，只能守着一个不好不坏的男人，这样好吗？

　　小心，女人若是不提升自己，身边的男人就不会提升，若身边的男人不能提升，他迟早会变成你的钱坑。我看过不少勤俭持家的小资女，钱是存了不少，但都是给男人花的。譬如说年薪一两百万的Ａ小姐，自己吃得随便，一年到头也不会买一件衣服，就连感冒生病也舍不得花钱去看医生，如此兢兢业业地攒钱，使自己变得看起来像老太婆的样子，男朋友就对她爱理不理。她怕男朋友真的不理她，所以很舍得花钱让男朋友吃香喝辣顺便出国玩，然后自己更省。

　　这个恶性循环就出现了：她的穿着打扮越来越像一个阿婆，男朋友越来越不想要和她一起出门，她越来越没有安全感，就要提供更多金钱给男朋友过好日子……

　　我常对Ａ小姐说，你好好把钱花在自己身上，去勾引别的男人来对你吹口哨，然后你就可以随便钦点一个来换掉现任男朋友，这样不是挺好吗？！

以上是有男朋友状态的小资女的爱情，钱给男朋友花而自己当阿婆，是最悲惨的事情。

比较不悲惨的是单身小资女，你知道，最起码户头里的钱，都扎扎实实地存在银行，不会随便飞到男人身上去。但这不代表单身小资女没有钱坑，其实她们的钱都花在家人身上。钱花在自家人身上并没有错，可是如果只把钱花在家人的身上，那就错了。爱家人也要爱自己，没有必要为了照顾家人，而自己缩衣节食过得像个阿婆，不出门、不上网也不交朋友，只看电视，搭配吃大量廉价淀粉制作而成的零食，把自己养得臃肿又不健康，这一连串负面效应所串连起来的人生，并不是因为你节俭持家的美而得来的，而是你就是舍不得花钱给自己，是这种不爱自己的思维，才造成软烂男人像大便一样黏住你不放，而身上万年肥肉也缠住你不放。

因此，小资女们，请看开一点吧，赚钱是一定要省着花的，但是再怎么省也一定要为自己花。女人要花钱，要懂得花钱，才会有桃花运。

Chapter3

让他对你的心动变成行动

关于约会这件事情，在女人的脑袋里面，
等同于偶像剧；而在男人的脑袋里则是生存游戏，追逐目标胜利。
男女思想落差太大，约会只能沦为爱情的仪式之一，
不能真正创造爱情的感动点。
有人说男女约会时要注重表现，有人说男女约会时要注重沟通，
有人说男女约会时，要注重彼此的身家调查。
我认为，约会最主要的目的，
是触动两个人不理性地想在一起。
所以约会时应该多一点浪漫感性，
少一点谈斤论两的交易。

25. 如何走出爱情的第一步

最重要的是，要懂得保护好自己，捍卫自己的幸福。

多数女孩从小被教育要好好读书，长大后回馈家庭进而回馈社会，这样的教育方式至今我仍然觉得很棒，但是此间遗漏了一个重要的教育方向，那就是：爱情学分。

先和大家分享一下我自己的爱情成长历程。我从小就暗恋异性，但真正与男生接触，是上高中之后（约十七岁）。当时我就读于第一女中，我们和第一男中有密切交谊往来，各分小组，而我是女生一方的组长，当然与男生方的组长有联系。我记得很清楚的一次是，男生一方组长打电话到我家来联系活动事宜，结果我的外婆拿着分机骂他不要脸。我当时很生气，但现在可以理解长辈的心情。

我上大学之后，家中一直叮咛我不可以交男朋友，会被男生欺骗感情，但我那时偷偷交了一个，也确实被欺骗了感情……

大学毕业之后，进入职场，家里的长辈还是很夸张，譬如，我人在外地工作，有男生打电话到老家找我，被我的父亲接到，他会很生气地挂人家电话。这也就算了，我都二十五岁了，我父亲曾经接到男生电话，直接对人家说我结婚了……

这一切听起来很夸张，但我自己如今到了一定年纪，身边许多朋友已经为人母，是可以理解长辈们爱护女儿的心情的。他们的方法很拙劣，你真的不知道如何和他们沟通想交男朋友这件事情，但你也不能否认他们真的太爱你，太担心你受伤害了。

近日发生了一些情杀案，更让我体会到当年长辈们所担忧的是什么。不只是担心女孩被欺骗感情、受伤害，更担心她们可能因为感情事件处理不当、遇人不淑，而遭受更大的伤害。

以上这一段我想说明的是，不要因长辈们保护限制你谈感情而气愤，但是你绝对可以阳奉阴违，走好你自己的感情路。

最重要的是，要懂得保护好自己，捍卫自己的幸福。

心动只是一个开始

爱情说穿了是人性的一环，人们对于爱情的需求就如同饿了要吃饭、冷了要穿衣那样平常，所以首先你要有正确的观念，要是你对谁有了动心的感觉，那是正常的。你也不用去分析为什么会爱上那个人，要相信自己的感觉。

但是动心了并不表示非得在一起不可。其实只要人活着，就会一直动心，我们遇见任何人都有可能心跳加速，那我们不可能与所有让我们动心的人都在一起，是吧？我结婚至今八年，还是时常对别人动心，但也就发乎情止乎礼，对眼一看开心就好。

爱情虽然是必须，但在一起不是必须。保持对爱情开放的态度，比较容易得到爱情，也比较能够放下爱情，更不会被爱情所折磨。

我不能否定一见钟情的可靠性，但是一见钟情那要多大的缘分？不是那么容易发生在芸芸众生之中的。

人都不会为爱情改变自己

心动了之后，就要去观察对方是不是一个好人。老一辈的人看男人是看"责任感"，有责任感的男人说了爱你就会做好爱你的事情，努力照顾好你。

除了"责任感"，我觉得还有三个基本条件可以加入。

第一，有正当职业。

如果他已经走上社会，就应该拥有一个正当工作，哪怕是苦力或收入微薄的工作。

如果你希望以后日子过得更好，就要进一步去看：这个男人有没有事业心？他是不是一辈子都想这样下去？是否有更高的职业规划？如果只想一辈子这样下去，你要做好物质上的享受不会太多的心理准备。

第二，个性好。

和个性好的男生在一起，你才会每天活得好，不会承受情绪压力。

第三，体贴。

爱你且懂你的需求，愿意为你的需求让步的人是值得珍惜的人。

男人不需要事事都以你为主，但是一定要把你的需求考虑在里面，与你妥善沟通且取得共识。

如果一个男人不具备以上这些条件，你心动就好，不需要跟他在一起。不要说你能改变一个男人的本性，所谓江山易改，本性难移。

女人也不会为了男人而改变自己，如果两个人在一起都是在忍受对方，一旦遇到不如意，双方都可能会爆发的。

两个人在一起时，只要是天下无事的太平年，怎样都能闪让一下过下去，但真正考验感情的是不如意时，只有基础、个性够好的人才能相互搀扶着挺过去。

让自己散发女性魅力

如果你心动，也确定这个男人是值得交往的对象，就要开始装扮自己，让自己成为一个具有女性魅力的人。

虽然说男人也会爱上一个很有个性的女人，但普遍来说，能吸引男人性冲动的女人，男人才有可能对她死心踏地得更久。

两性吸引力在于互补，女人的雌性特质要对应得上男人的雄性特质。

26.爱情，从学习建立关系开始

桃花运很旺的人不一定条件更好，而是更懂得主动和别人建立关系，使别人喜爱她。

我承认我不是一个善于建立关系的人，所以我的真实爱情发展得很晚，而且发展得很慢。

我不知道要如何和别人建立关系。

从小我的外婆便对我三令五申，说女孩子要端着，不能给人看轻，不能主动。她不喜欢我交朋友，不喜欢我和朋友出去玩。她把我当公主养，在我大学毕业之前，她不接受我的生命中有男人这件事情。

所以我交朋友是被动的，确认了人家喜欢我之后，我才能把热情倾注在两个人的关系上。

更进一步说，我是不知道做些什么和别人互动的事情让人家注意到我，和别人建立关系。我唯一知道的是，把自己管理好，充实好，一定会受到肯定。我想，多数在台湾教育制度之下的女孩子都是这样的：只知道如何把自己的事情做好，不知道要如何主动连接自己和别人之间的关系。那不是我们的强项。

因为这样的缺憾，使得许多女性一直难以有恋爱的机会。或许不曾恋爱过的你，也和我当年的想法一样，觉得自己没有人追求，是因为自己长得不够美丽，个性古怪，但其实这种想法只是自己给自己的限制。

很多年之后，我才发现，原来自己是被喜欢过、追求过的，但那时不懂得和别人循序渐进建立关系，只呆呆地看着有一个天使突然间飞向自己，带来了玫瑰和赞美，却不知道如何反应。不会表现出"我们做朋友吧"的样子，也不会表现出"我其实也有一点喜欢你"的样子，只等着对方开口说"我们在一起吧"或是"你当我女朋友好吗"。这两句话是楚河汉界，好像这一秒钟说了，下一秒钟就可以换张恋爱中的脸来应对他了。

这种想法和我们制式教育的逻辑是一样的，先有鸡再有蛋，或者是先有蛋再有鸡，得先说清楚讲明白。

好像完全感应不到两人互动那种真实细微的变化，

循着那变化去追求自己想要的爱情。其实，是关闭了那感受，要等到两个人的关系从言语到白纸黑字确认之后才肯开启。

我们可以从朋友变成情人，也可以从陌生人变成情人，但关键竟然不是循序渐进地建立两个人之间的关系，而是"我们在一起吧"这几个字。我们龟缩到，得听见这几个字才愿意付诸行动，开始建立起两个人之间的关系。

不懂得主动建立关系的人，不但情路迢迢，就连朋友也是少之又少的。我们有时候感觉孤独，不是因为我们不够好没有人欣赏，而是因为我们不懂得主动和别人建立关系。谁在等待，谁就只能永远地等待下去。

桃花运很旺的人不一定条件更好，而是更懂得主动和别人建立关系，使别人喜爱她。更进一步说，她更懂得别人的需求，并且做到了主动去理解别人，体贴别人，这样的人才能获得普遍的回应。

如果主动建立关系，却失败了怎么办？

当然我们都怕失败，怕吃闭门羹，那太丢脸。问题是，这种难堪不一定是因为自己的错，或者因为自己不够好，很多时候，是因为别人也没有成熟处理关系的能力。我们不能因为太珍惜自己的成功率，而忽略了别人的软弱之处。

有时候也是缘分不够。我自己已经算是自律甚严的人，也总是尽力迎合别人的需求，体贴别人的心意，但往往还是会踢到铁板。

我第一次踢到铁板是国中的时候，因为改同学的考卷改到一个不确定的答案，但我自己觉得可能是对的，拿去问老师，结果老师说是错的，不能给分。我觉得扣那位同学分数实在很内疚，所以拿着考卷去向他解释，没想到那位同学从我手中抢走了考卷，完全不理我。我当时感觉很受挫，也不明白是为了什么，后来才知道，因为被其他同学作弄了，已经身陷尴尬之中。

人有千百种，即使再成熟的人也可能因为自己的情绪和心思，而辜负了你想要建立关系的美意。以前和一位知名人士合作，可能几次开会沟通没达成他的要求，我已经感觉挫败，但还是很认真地想该从何下手才好的时候，那人却突然对我说："不要以为我不知道你想要做什么！我看得很清楚。"

"我想做什么？"我一头雾水。后来我了解到他当时的生活并不快乐，婚姻受到第三者介入，工作曾经被窃取数据，所以，他不信任感的火蔓延到了我的身上。他的专业其实很令人欣赏，只是我们没有缘分成为朋友。

　　我后来也看透"没有缘分"是一件无法逆转的事情。什么是"没有缘分"呢？那就是你再怎么做也不会得到对方的好感与信任，或者他对你的好感与信任持续不了多久。既然如此，就别自己纠缠于"为什么他不喜欢我"这种挫折感当中，还是做自己好了。

　　至于和你有缘分的人，就算你们之间经历过大吵决裂，到最后还能继续做朋友。"缘分"是：不管我们之间发生过什么事情，都没有和你维持关系来得重要。

　　所以，我们实在不需要花太多心思在"如果主动建立关系，却失败了怎么办"这件事情上，我们当然有可能失败，但那不是我们的错，也不是因为我们不够好，而是因为我们和他们没有缘分。我们要看透这一点，才能大胆、主动地去和别人建立关系，进而找到自己的有缘人。

27.与其花心思告白，不如主动建立暧昧关系

女生在爱情里不必费力，爱情也没有让我们操心如此彻底的空间，女生只要保持自己是美好的，表现出有魅力的样子，和其他男生有互动，就足够赢得一份很好的感情了。

换个立场想，如果有一个你不是很熟的男生突然向你告白，你会怎么反应呢？或者是，一个很熟但一直是好朋友关系的男生突然向你告白，你又会如何反应呢？我大概会这么想："你喜欢我哦，那我该怎么办？"该怎么填这个问题的答案呢？一时之间，不可能从无到有，马上就消化出喜欢或不喜欢的结论吧！

所以告白失败是很正常的事情，除非你们之间已经建立暧昧关系很久了，否则一时半刻要从非情人关系进

入情人关系，那灵魂实在太受折磨了。

想要告白，不如主动建立关系，能暧昧得起来的关系，再找个适当的时间说明白。如果是暧昧不起来的关系，那就算了。

什么是能暧昧得起来的关系呢？那就是你们之间的相处，多数时间是以男性和女性特质互动的。例如，当你们一起出去到很晚的时候，他就一定要送你回家，他一定要让你有受到照顾的感觉，然后你也照单全收。又比如说，你们虽然还是朋友关系，但他能吃你碗里的食物，你也吃他碗里的食物。你们相处的时候就是不知不觉会想要靠近彼此，你就是会凭着潜意识的力量散发出"我是个女人"的魅力，而他也会散发出"我是个男人"的魅力，就算他平常在别人面前嘻嘻哈哈像个活宝。

要主动建立起暧昧关系，就要打理好自己的性魅力，展现在对方面前，例如打扮美丽、眼神勾人、话少微笑、保持神秘，最后再透露一点"我也不讨厌你"的信息。若是一个有缘人，女生做到这个地步差不多就足够了，接下来就是看男生的表现了。

女生在爱情里不必费力，爱情也没有让我们操心如此彻底的空间，女生只要保持自己是美好的，表现出有魅力的样子，和其他男生有互动，就足够赢得一份很好的感情了。

　　主动建立关系并不是弱势或丢人的事情，反而是强者在做的事情，强者甚至能让一个排斥自己的人到最后喜欢自己，让全世界认同自己。人与人之间有了关系，才会进一步碰撞出火花，彼此支持呼应，那就是人生最大的资源，无论是朋友也好，爱情也好，都需要有人主动建立起关系。别人不主动，我们自己可以主动，一点都不吃亏。关系建立起来之后，我们的人生才能从一摊封闭的小水池，通过关系的河道通往小溪，再建立起其他关系，通往小河流，一点一滴地接引下去，能前往大海，一睹浩瀚广阔的世界。

28. 男女都要小心约会的三大地雷区

约会的三大地雷区：

一个人自说自话；

两个人无话可说；

只说事业、年收入和资产三件事情。

为什么男女要约会？就是要培养感情，借由约会不着痕迹地营销自己的优点，去触动对方越来越爱你，越来越重视你。

多数人约会时都靠电影和吃饭打发时间，却不知道约会时最该做的事情是聊天，借由聊天培养感情，了解彼此。

地雷区一： 一个人自说自话

小情已经三十岁了，非常着急结婚，但是她却连谈个恋爱的机会都没有，为什么呢？

因为只要认识新的男生，她就列为考虑交往的对象，而且第一次约会就开始自顾自地对男生说她就是想要结婚生小孩，所以对象最好有点家庭背景，学历不错，年收入不能低于多少，还要照顾她的家人云云。结果一餐饭吃下来，男生没能搭得上几句话，倒是急着离场。

女生约会时的迷人表现，在于微笑、温柔、少言

当男生开始约女生单独出去的时候，他其实只是对女孩子有初步的好感，女生千万别急着把婚恋的渴望表现出来，以免被男生看轻，因为他此时或许对你还毫无感情可言，也承受不起婚恋的压力。也别数着祖宗八代的事强迫男生要多么了解你，那只会让男生倒尽胃口，加速逃离。

女生约会时尽可能以打扮、眼神和柔软的肢体展现，赢得男人的眼光。

若谈话间对方问及自己的事情，也要含蓄矜持地表达。与其说："我在某大公司当业务主管，年收入约20万台币，最近还要升职。"（这叫自说自话，叫人反感。）不如说："我从事业务工作，平时很忙，没有机会认识

新朋友，今天认识你，很高兴。"（这样说话才是尊重约
会对象的表现。）

女生对男生说"我好开心"，就是男生继续追求下
去的最大动力。

女生在和男生约会时，最好的通关密语就是"我好
开心"，它带给男生两个暧昧甜蜜的信息。第一个是：
她对我的表现是满意的，所以我再好好追求下去是有机
会的。第二个是：我能使这个女生开心，我有信心和她
相处下去。

男生要主动开口，女生要微笑响应

如果你是男生，请你约会时一定要负担起掌控全场
大局的责任，尽可能招呼她、赞美她。如果你是女生，
你倒不必过于聒噪，不必急着翻出你上知天文下知地理
的博学见闻，而是要懂得微笑倾听，并且适时给出响
应，说"为什么呢？""真有趣，你再多说一些给我听
好吗？"，这些话已经足够。

地雷区二：两个人无话可说

我曾经陪同两位不说话的优质单身男女相亲，结果
一顿饭吃下来，都是我一个人的声音。可能男生和女生

各自都认为自己条件很好，应该由对方主动对自己表现有兴趣的样子，也有可能是他们向来不善于和人对话。

小贴士： 交朋友贵在真诚

不要觉得自己高人一等，也不要先入为主定义别人的想法和个性，或两个人之间的关系，不如就单纯地以好奇心认识一位新朋友，借着他的眼光去见识更广的世界。你能用这种初衷去开启交谈，那么无论话说得好不好，别人都会感受到那份心意的。

地雷区三： 只说事业、年收入和资产三件事情

阿盛已经四十岁了，是一位电子工程师，有俊秀的外表和优秀的脑袋，条件特优。过去我曾为他介绍一些单身女子，但都无疾而终。因为，女生都受不了他约会时拼命谈自己的学历与事业，盘算他的资产，结束之后，再"务实"地问女生希望的对象条件要怎样，女生听完后都傻眼了，下次绝对不会再和他出去约会。

约会不是条件谈判

谈恋爱不是做生意，虽然我们都很希望和条件优秀的人谈恋爱，但这种现实的心情要收好，不要给人发现。真心想谈恋爱的人，无论条件优劣，都不希望双方

的关系从生意谈判开始。

约会必胜的三大绝招

1.聊天要以关心别人为先

聊天最好从"你"开始，问候别人："你"好不好？"你"喜欢什么？"你"的看法？对方感觉受到了重视，才会真诚地对你说话。

2.赞美对方赢得好感

我的经验是，只要你赞美一个人，他就觉得你特别了解他，他就觉得和你在一起特别舒心。

3.微笑倾听胜过千言万语

若你真的是沉默寡言之人，请尽可能地微笑着倾听对方说话，并适时给予简短的回应，男生说话要诚实坦然，女生说话要说三分，留七分给男生去寻香探索。

29.约会是创造浪漫，不是一起打发无聊

如果两个人在一起，没有好好约会，那么即使现在表面上是男女朋友关系，最终也会分道扬镳。

浪漫，你懂吗？就是很不切实际但感觉很好的样子。举例来说，你答应和对方一起去看电影，结果却迟到1个小时，电影没看成（或者你没迟到，两个人稳当地看完一场电影），这是实际，不重要，电影演什么也不重要，重要的是，你要打扮得很好，表现出对对方关心体贴的样子。比如，女生帮男生递个餐巾纸，男生帮女生提个包，对彼此微笑，给对方一点鼓励。

男生真的很无聊的时候，请不要约会，因为这种约会只会让女生对你的印象大打折扣。女生很寂寞的时

候，请不要约会，因为你会拉他做一些琐事，只会让男生觉得他是人形立牌。

为什么很多人恋爱谈到最后却是走向分手？有人说是因为个性不和、家庭环境不适合、条件上不适合、相爱容易相处难……但我觉得，很多时候，是因为不懂怎么约会，你们在一起的时光是白过了，当然以后回到陌生人的角色也很轻松。如果两个人在一起，没有好好约会，那么即使现在表面上是男女朋友关系，最终也会分道扬镳。所以很多人在一起又分手，很自然地形同陌路。你一定有过那么遗憾的感觉。

爱情要到生死相许的地步，就要彼此非常在意，热恋时彼此可能很在意，那是因为新鲜，尝鲜舍不下，但时日一久，不新鲜了，便不太在意。若是此时还要被在意，便是要更深刻地抓住对方的灵魂和喜好。所以恋爱约会是有三部曲要进行的。如果能抓住恋爱三部曲的要点，以后就不会因为个性、条件或环境而分开了，大多数人都能走向有情人终成眷属的目标。

第一部曲：展现个人魅力，撒下天罗地网

两个人会在一起，是彼此对于"喜欢"这件事情有了初步认定，你确定你喜欢对方，而对方也很喜欢你，尔后在一起进入热恋，就是要加强对方对自己的喜欢。

对于男人而言，如果女生是因为你高大帅气而喜欢你，你在热恋时期就要特别以穿衣方式展现自己高大帅气的样子，让女生更投入这段感情。如果女人是因为你多金而爱上你，你也要在这段时期好好展现金钱的魅力。不要太在意爱情的触发点是什么，重要的是，爱情触发了。

对于女人而言，如果男人是因为你温柔可爱而喜欢你，你在热恋时期就要特别以穿着打扮展现自己可爱的一面，强化你的魅力特质。无论这是真的你还是假的你，在热恋时期，你就得尽情演出这角色。

这是要给对方"美梦成真"的感觉。这爱情梦筑得越美好，就越能抓住对方的心。最近有朋友遇上了二十年前的男友，他还非常爱她，但其实他们两人交往不到一年，最后还是因为女生出轨背叛男友而分手的。但男人为何还如此爱她？因为她在热恋时期满足了他对于她的温柔可爱的期待，男人一直铭记于心。

第二部曲：深入敌营，掌握核心

就好像女人遇见真心喜欢的衣服和鞋包，无论付多少金钱也愿意得到它，因为它完全解除了女人要"存钱理财"的心防。同样的道理，当男人或女人遇见了真心喜欢的对象，也会解除心防，把自己的梦想与脆弱和盘托出。

一个人的梦想和脆弱，才是他被收服的钥匙。如果你不懂一个人的梦想和脆弱，你收服不了任何人。或许你能得到他表面上的物质与虚荣、恭维与崇拜，但实际上你抓不住他的心。往后如果有个人能抓到他的梦想和脆弱，她就能轻易抓住他的心。

所以约会的第二部曲，就是要去释放对方的梦想与脆弱，你要让对方放心，你承担得起也包容得起。我举例来说，如果你的对象是一个脾气很差的人，那么当他第一次发脾气的时候，你就要选择包容安抚，这是一把打开他真实灵魂的钥匙。

当男人偶然在女人面前展现了"扛不住"的时候，女人能一笑置之并协助化解，她就能得到男人的心。

当女人偶然在男人面前素颜、无理取闹，男人若第一时间能安抚能包容，那么他就能抓住这个女人的灵魂。

所谓"放心"，就是每一个人，都需要把自己的心，放在自己安心之处。恋爱的第二部曲，就是要让自己成为对方的安心之处。

第三部曲：化被动为主动，掌握爱情进程

爱情是包容，但不是被动，谈恋爱谈到被动，会谈得很苦，而只成为宣泄情绪或吐苦水的对象。所以第

二部曲完成之后，表示自己在对方的心中地位稳固，此时，便不需要再容忍被动，而是要主动掌握爱情进程。

每一个人都需要依靠，对于另一半的要求也是依靠，所以你要成为对方能依靠的人。我说的不只是物质上的依靠，还有精神上的依靠，但手法要细腻。

例如说，当你发现对方在职场上遭遇挫折时，你可以主动陪伴、鼓励对方；当对方面对家庭烦忧时，你可以主动陪伴，倾听他的想法。当然现实中如果你能提出行动帮助的，也要做到。然后不要宣扬自己付出很多，要让对方去品味感受，那样你的付出会更有价值，也会让对方更能记住你的好。在爱情里不要计算自己的付出，只要说"我爱你"就好。

当你能给对方最深切的支持时，你就与他是生命共同体了，如此一来，无论环境如何、条件如何、命运如何，都很难将你们分开。

结论

爱情不需要条件，但一定需要经营，而这恋爱三部曲，就是爱情最切实可靠的经营方式。你懂得这样去经营，就能得到任何你想要的爱情。

30.不想搞砸恋爱，就请你慢慢来

发生性关系可能是两人感情的晋级，也可能是结束。

现在两性观念开放，性行为不分婚前或婚后，只分在一起之前和在一起之后。

说起来，性行为实在是不足以大书特书的议题，因为它是人与人之间很自然的互动之一，当两个人都有感觉的时候，顺其自然就上床了，哪有什么好说的？问题是，如果性关系来得太快，就会加速两人感情关系的死亡。

上床靠冲动，下床靠了解

小欣与阿伦彼此一见钟情，认识的第二天就坠入爱河，往后一周热烈地约会，到了第二周约会，他们再也忍不住心中那把熊熊的爱火，发生了关系。在那时候，他们彼此都觉得，永远都不会分开了。

对于阿伦来说，这是追求小欣的"阶段性任务"完成，所以他非常放心地觉得小欣的感情已经稳定。这样一来，阿伦和小欣约会时比较放松，譬如说，他不会战战兢兢地先到约会的餐厅去等小欣，也不会一直恭维小欣好美，更有时候说两句话调侃小欣的穿着打扮，因为阿伦认定小欣是"自己的人"，就不需要那么客套虚假了。

至于小欣呢？她是因为对阿伦的爱有完全的信任，所以才放下心防和阿伦发生关系的，而且她也和阿伦一样相信，这么一来，两人的关系就更好了。她想象阿伦会对她更温柔体贴，对她更热情，更愿意为她付出。

可是她的期待落空了，觉得阿伦反而对她没有以前那么好了。

"为什么你得到之后就对我那么不看重？"小欣时常忍不住这样向阿伦抱怨。阿伦则忙澄清："我很看重你啊！"

小欣开始怀疑阿伦对她只是玩玩而已，也许在外头还勾搭了其他女人，对阿伦非常不信任。她觉得她和阿伦之间有彼此相属的亲密关系，所以阿伦只能以她为主，不可以出一点点错。

阿伦觉得自己好像活在囚牢里，而那个看门兼修理他的人正是小欣。最后，阿伦向小欣提出分手。

小欣很崩溃，觉得自己被欺骗了感情，以后再也不相信男人了。

以上，就是这个现代社会常发生的爱情悲剧。女人都说，宁可相信猪，也不相信男人，其实很多时候，是女人没认清楚，太早和男人发生性关系，是错误的。

男人得到了就不把你当回事了吗

确实，和女人发生性关系，是男人渴望满足的基本生理需求，但一般男人还是比较想要和有感情的女人发生性关系（当然有些男人在夜店外"捡便宜"，捡喝醉酒的女人发生关系，那种已经禽兽化的男人我们先不谈），所以呢，在正常约会之下，男人和你发生性关系，对你是有一定程度的喜欢的，但是以后感情能否稳定，还是要看相处的情形。虽然性关系会使两人更难分离，但若相处起来太痛苦，还是免不了走向分手。而有了性关系的情侣最后若是分手了，无论男女，都会在心中留下深深的伤害——女人觉得付出了一切，却被抛弃，感觉不堪；而男人觉得已经拥有了，怎么还会失去，感觉挫败。

所以发生性关系后又分手的情侣，各自都很受伤。

我们今天要谈何时才能发生性关系，和贞操一点关系也没有，而是要防止发生性关系之后可能带来的伤害。

想要爱，不要伤害

　　究竟两人交往之后，什么时间适合发生性关系？我认为是彼此对对方已经有了足够的信任与了解的时候，而不是你们都好爱对方、没对方会死的时候。

　　如果你们彼此都很信任了解对方，那么加入性关系进一步的滋润，会使你们的感情升温更快，因为你们在精神上的相爱，会在肉体互动中真实地体会到，而且在这个过程中，你们是放松而享受的，没有任何目的性。

　　但是，如果你们在一开始交往不久就发生性关系，你们就会想用这个性关系取代彼此更深的了解互动，简单地说，我恭维你，你伺候我；我体贴你，你了解我……这些互动都太费神了，不如直接上床控制好两人的关系比较方便。这么一来，两人的交往就会只剩下上床这件事情。

　　身体虽然互许，可是精神上不能信任，就会不断地想掌控对方，逼对方就范，但是你知道爱情是自由的，逼迫的结果就是走向死亡。

两人有爱、有信任、有了解，才发生性关系

无论男人还是女人，都很看重自己的身体，身体不可侵犯，所以大部份人，都是先有爱、有信任、有了解，才交出自己的身体，这才是自然而然的性爱。这种自然而然的性爱，才有助于加强两个人的关系。如果你们之间还没有达到爱、信任、了解三者兼备的程度，那么，紧要关头前，还是暂时喊卡吧。

31.女生要懂得撒娇，男人要懂得大方

在爱情里，女人的武器是撒娇，男人的武
器是大方。

当男人体会不出你是一个女人时，他对你的感情也
差不多要结束了。

女人在爱情里可以撒娇，可以耍无赖，就是不能
耍酷。

男人可以笨、可以穷、可以懒，但不能对女人不
大方。

身为一个全身上下充满时尚感的女性，蕙儿可是从
早忙到晚的女强人。她麾下管理十多位部门员工，大小
事的决策权都在她手上。

"所以，你说，我能有多放松呢?我不能啊!"每当

蕙儿的男朋友幼祥要她放松一点，她就忍不住这么想。

幼祥不过迟到了一分钟，蕙儿就对他发飙；幼祥把饮料喝完，罐子没有随手丢到垃圾筒里，她也要歇斯底里老半天。但以上这一切，好脾气的幼祥都可以包容，怎么说，当初也是她这一点执着的性子吸引了他。可是，幼祥最不能忍受的是，蕙儿就算有求于他，口气也都是下指令，不曾有半点温柔。

"你去帮我买个柳橙汁。"

买回来了之后，她便说："放着就好，别碰我的公文。"

两人交往一年多，幼祥越来越不觉得自己身边的这个是女朋友，倒像是多了一个主管，管他私人生活的，到最后，有一天他看着蕙儿那张扑克脸，突然觉得很厌烦。

女人要撒娇，是因为男人很笨

有一天我和蕙儿聊天，聊到她的感情问题，她说，她对她的男朋友很好，不但管好他的金钱，也管好他的事业，就连他周一到周五要穿哪些衣服，她都帮他管得妥妥帖帖，可是，她的男朋友对他，就是少了点儿热情，还常常抱怨她怎么管这么多！

她一气之下，就说，那好，以后她都不管了，看他会变得多惨。男友听到这句话，反应也是冷冷的。

“他怎么不懂我的爱呢？”

“他是不懂啊。”我笑着说。

她听了，惊讶地看着我。

“他难道没看到我为他付出了这么多吗？”

“他看到了，但是他感受不到你爱他。”

这个时候，她的男朋友幼祥去了洗手间回来，正要坐下来，我眼尖地发现，这位女强人又要开口数落："怎么又……"（怎么又去了这么久？）

我立刻拉住她的手阻止她，然后对幼祥微笑着说："蕙儿刚才说，你对她真的很好，如果没有你，她真不知道该怎么办，她不会做人，又不会说好听的话，在办公室常常受委屈。"

幼祥听了，眼睛亮了起来。

我示意蕙儿接着我的话说下去。

“嗯……对啊，我每天下班第一件事情就是想见到你，只有见到你我才能安心。真的。”蕙儿叹了一口气，不知不觉放下心防，把心里的话都说了，"公司里那么多人随时要跟我抢位置，要拉我下来；家里爸妈又一直催我什么时候再升职，我觉得……很无助，只有你，对我是真的好。"

听到这里，幼祥感性地伸出手，摸了摸蕙儿的头，说："没事的，别想太多。我在，一切都会好好的。"

刹那之间，蕙儿哭了，在咖啡馆里哭得声嘶力竭，哭倒在幼祥的怀里。

男人很务实，但是在爱情里却又很感性，因为爱情就是他放置感性的地方，是他在这个拥挤世界唯一的出口。如果女人不懂得撒娇，只讲求利害和规则，男人太熟悉这种运作，和他在其他人身上接触的规则一样，他很自然地就以那种理性回应女人。但是，如果女人懂得撒娇，随时提醒男人"你正在爱情中"，男人就会以感性回应女人。男人很笨，是靠着身体交流，还有轻柔低喃的女人香，来唤醒他的爱情灵魂。

如果女人付出得多，而男人却看得轻，那是因为女人让男人享受到利益，但没有让他享受到爱情。

男人没"胸肌"无所谓，但要有"胸怀"

时尚男人追求胸肌，但其实男人更重要的是胸怀。有个胸肌男对我说，他的手机从来都只缴基本费用，因为他从不浪费钱打电话给别人。我看着三十多岁还没有过任何感情经验的他，觉得这是很合理的事情。

基本上主动打电话给朋友是一件快乐的事情，但是他压抑着他的快乐，觉得存钱最重要，所以以女人不想跟他，表面上是因为他不肯付钱，实际上是因为不想跟着一个爱找苦吃的男人。

　　有些男人计较女人是不是处女、头发够不够长、胸部够不够大、长得够不够漂亮，我觉得也是很狭隘，他不够开阔，所以不认得"爱"字怎么写，当然会乏女人问津。

　　计较，是男人最大的败笔，这暗示了男人将一事无成地过完这一生，而且没有爱的能力。女人碰到这种男人就像是被雷劈到，快闪都来不及。

　　如果男人希望找到好对象，就不只要锻炼胸肌，而更要锻炼自己的胸怀。胸怀要如何锻炼呢？那就是，万事先从不计较开始，心里计较的，也要表现得不计较；想计较的，要忍着不计较。不计较说明了你的自信，你有海纳百川的格局，男人胸有千壑，还怕女人不来找山靠吗？

32.请珍惜你的爱情信誉

不要当一个花花公子或花花女郎，这种风声传出去，会让你很难找到好对象，男女皆然。

花名在外，会让你失去好男人或好女人的青睐

话说有一天在公开聚会的场合，几位超级好朋友互揭对方的短，其中A被揭得最惨，因为大家都不约而同地说A追女孩最厉害了，交往过的女朋友不知凡几，而且最会玩了，吃喝嫖赌样样都行。

人们对于耳边关于A的流言蜚语，不知是真是假，只是，再比对一下A那种吊儿郎当的气质，就信了几分。于是，原本对于A颇有好感的千金女S，就打退堂鼓了。

我和A算是有几分相熟，了解他只是有一点爱玩，爱耍嘴皮子，但实际上爱情专一、作风保守，而我所了解的他，并不是别人口中所说的他。他很容易投入感情，但不算会经营感情，有几次和女朋友不欢而散的经历，前女友们生气了，到处去说他的不是。

因此，关于A的花心流言，便不胫而走。

后来过了适婚年龄的A，经过几次感情风波之后也想安定下来，然而，围绕在他身边的女人们，却多是看他好玩有趣，想与他玩玩爱情游戏的，没有一个是他心目中理想的妻子。

A有一回就感叹地对我说，难道人帅就不值得信任吗？我说那倒也未必，我就认识人帅又很令女人信任的男人，接近他的女人都是想嫁给他的。原因很简单，因为他珍惜他的爱情信誉。他对爱情从来不冲动，总是深思熟虑之后才与对方进入交往阶段，而且每一次分手都尽量以理性和平落幕；他不与女人暧昧，关系不确定之前，他能守好自己的原则。他是一个理性的男人，也是一个事业和爱情都成功的男人。

古人说，人无信不立，其实在爱情里同样无信不立，你在爱情里的表现尊重自己也尊重别人，都会为你的爱情信誉打一个成绩。而这张成绩单，就是你往后吸引异性质量的标准。

你过去的爱情成绩单，决定了你后来遇到的对象

我记得很久以前有人在我的耳边说一个女生的坏话，说她花心，但我完全不认同，因为我那时看人非常单纯，直到后来看着那个女生不停地换男朋友，我觉得很不可思议，因为很多女生换男朋友就像剥一层皮一样，可她从来不是。

花心是一种与生俱来的个性和能力，她拥有。拥有这种特质并不是罪过，无须受到指责，但是她自己往后的感情路便走得越来越崎岖，因为无论如何她就是再也碰不上年轻时那种单纯拥抱她、为她付出的男人。这是很玄妙的事情，我发现，当你不断地重复做一些事情的时候，你的能量磁场自然会散发出某一种气息，而只会吸引某一种气息的男人，可能是一些很放得开的男人，只在乎曾经拥有、不在乎天长地久的男人；或者是一些只想和你搞暧昧的男人；或是一些以爱情之名想利用你的男人。至于那些认真执着、怕在感情里受到伤害的男人，他们最多看着欣赏你，但谈到交往，是会犹豫的。而当他们犹豫之际，那些目标性更强的男人，已经把你追到手了。于是在爱情的世界里，你会一再错过那些真正能给你幸福的暖男。

爱情信誉，取决于好聚好散

我觉得，爱情是一种命运，而这种命运，是自己创造出来的，用以往的爱情信誉：你过去所交往的人质量如何，你们分手时又是表现如何，你是否能好聚好散、提得起放得下？这些，都是你的爱情信誉，也是你往后追求感情的筹码。

许多男人分手是因为劈腿被女朋友逮到，而女人也是。其实不止是劈腿，包括暴力、谎言、恶语相向、利用对方，都是毁灭爱情信誉的分手导火线，原因当然是不怎么爱了。至于分手之后，是否尊重对方的新生活、是否有报复的行为，也能决定你的爱情信誉。你对待前男友（或前女友）的方式，都是评估是否要选择你作为感情对象的一个参考值。如果这个参考值分数太低，相信我，当男人或女人在认真地面对爱情时，都会为了怕受伤害而却步。

不怕受伤的人，都是无所谓、随便玩玩的人。

珍惜爱情信誉，是为了未来的幸福，不执着于已经翻转不回的命运

当然，好聚好散，就代表你在爱情收场的时候，必须付出相当的代价，你对不起别人之处，要道歉，要补

偿，虽不必分手后依然做朋友，但至少要他说起你时留
点余地。你愤怒，要和对方争执清楚，不要事后耍小人，
采取暴力行动。好，有人说，面对爱情，能那么理性吗?
我说能，因为在你分手之际，在全盘皆输之际，你要想
的，是未来的幸福，而不是已经翻转不回的命运。

33.分手后如何挽回对方的心

不要死缠烂打，死缠烂打只会让你看起来很廉价。对方嫌你，你就要变得更好，好到让他主动把你追回来。

基本上我不赞同分手后还想方设法和对方"再续前缘"，因为破镜无法重圆，要圆它，也是百般辛苦，比第一次经营和他之间的爱情还要辛苦，为什么呢？这是因为要不去翻旧账很难。

总而言之，破镜重圆的代价太大，你得细细思量，这人值得不值得你耗费时间精力去和他周旋到底？如果值得，再继续看下去。

分手时好散，才会散不开

要挽回感情，首要条件就是别把感觉弄糟。

基本上，分手只是一个形式，可要是两人相处的感觉变得很糟，那才是真正分手了。你看很多人说分手之后还在那里东拉西扯的，就是因为相处的感觉还很好，我看你、你看我都还舒服。

可要是我骂你、你骂我，我跳楼你崩溃，那躲都来不及了，还有思念的空间吗？没有。

所以分手时一定要留给对方思念的空间，想起你都是美好的、舒服的、熟悉的。

强化你错我对，对方更不会回头

小蓉和她的前男友交往两年多，这过程中他外遇不断，而小蓉也心知肚明，男友并不是那么爱她，只是小蓉实在太爱他了，所以即使抱着一份有缺憾的爱情，也百般容忍要维持下去。

但最后男友还是劈腿和她分手了，小蓉的心很痛，没有办法再接受其他男人的追求，只一心一意要挽回他。

她去求他，威胁他，骂他负心绝情，结果最后前男友回了她一句："都是我的错，你放过我吧。"

当男人说出这句话时，已经残余的不舍早被抛诸脑后了。

　　说穿了，男人是怕了她。

　　当情人们说出你错我对的时候，等于是拿一把刀子，把两个人的关系彻底割舍了——我们不是同一国的人，你很低下，我很高贵，所以我有权对你不好。

　　你说，当有人指着你的鼻子说他有权对你不好时，你能不逃之夭夭吗？

哀兵政策用错，只会让你更悲哀

　　分手后想挽回对方的心，哀兵政策可用，但要用得巧妙。

　　一哭二闹三上吊，只会让你看起来像泼妇或痴汉，面目狼狈又难堪，十分不雅观。

　　这种方式太决绝，失去了爱情的美感。没有人想回到你的身边。

　　遇到同情心泛滥的旧情人，他回来也就是施舍，短期的。

重新暧昧才是正确的

　　既然说分手，一切就是从头来过，那个"头"叫作"暧昧"。你必须重新与他暧昧。暧昧的意思就是说，你和他并肩走在一起时，可以"不经意"地碰触他的手；和他吃饭时，可以"不经意"地夹菜给他吃；听他说话时，可以"不经意"地投入充满感情的眼神，但是，绝对不说爱他，不说还要和他在一起。

暧昧是制造美感，但说破是破坏美感，至于要不要重新在一起，就要看这个美感堆积得够不够深厚，所以要有点耐心酝酿。

把自己变得更好，才是关键

人性的本质都是嫌贫爱富、嫌丑爱美、嫌泼辣爱温柔的，要好的，不要坏的。只有好的才能吸引人。

人与人之间相处久了，难免"忘记"对方的优点，才会觉得可有可无，所以分手之后，你就要想办法把优点重现在对方面前，甚至更全面性地加强它。

当你变得更美丽、更睿智、更成功时，谁能不多看你一眼？

男人也是，当你变得更精壮、更洗炼、更洒脱、更成功，谁能不多看你一眼？

看你的人，也包括你的前男友（或前女友），他们以前看你只有60分，后来看你有90分，他们才会扼腕，觉得有点配不上你般崇拜你，心想着，要是不和你分手就好了，这一切都是属于他的了。

你要激发出对方的感觉，才有望挽回对方的心。

保留一点不联络的空白

如果分手当时太惨烈，往后还想挽回，唯一之途就是保留不联络的空白，这段空白是拿来稀释分手时的不愉快情绪用的。

让对方忘记分手时的不愉快，甜美的记忆才会浮现，你在他的心目中才能恢复原状，如同他还没有和你在一起之前，对你的感觉。

不要紧抓着过去的回忆，要放眼未来

分手后最忌讳的，就是一直抓着"我们以前如何又如何，所以我们现在应该如何又如何"。亲爱的，爱情是没有这种逻辑可循的，在爱情里，每一个时间点都独一无二，没有"以前怎样现在就要怎样"的规矩。

你们既然已经谈分手，就表示过去的一切影响力到此为止，以后还要在一起，那是重新来过，也只有重新来过，那个"重新在一起"才会长久，否则，也只是那一段恋情的番外篇，很快便会结束。

当爱已成往事，也要了解，要往事活过来，只能当下重新启动，不能赖着回忆活下去。

34.不要当一个恋爱动物

恋爱不要一个接着一个谈，谈久了你会麻木，再难有惊喜或感动。

爱情是人生的必修学分，但人生的学分可不只爱情这一项，还有事业、亲情、家庭、友谊等等。有人说，没有面包的爱情很难存活，而我认为没有事业、亲情、家庭、友谊的爱情也很难存活。如果一个人其他学分修不好，爱情学分也不会修得好。

爱情这种东西很奇妙，你越是钻研它，越是感受不到它的美妙；你越是在意它，越是抓不住它。所以不要当一个恋爱动物。

爱情技巧高超，无助于幸福

小曼是个非常漂亮的女孩子，她从十七岁开始谈恋爱，换过几任男朋友，谈到了二十七岁时，和男朋友交往稳定，但是她并没有特别快乐，也不想答应他的求婚。

"他之所以会向我求婚，不过就是因为他很需要我，如此而已。"小曼麻木地说，"我丝毫感觉不到恋爱的快乐，反正男友就是会对我这么好，通常都是我甩掉他们的。"

很少有男孩子不会对小曼倾心，因为她不仅长相甜美、个性温柔，而且恋爱技巧高超，很懂得察言观色，适时喂养男友一些"甜头"。曾经被小曼甩掉过的男人，都很怀念小曼。

小曼是被初恋情人甩的，从那时起，她便立志不再让男人甩掉她，所以钻研男人的心理，务求自己在恋爱中的表现符合每位男友的喜好，而就这么一任男友接着一任男友换过之后，她在夜深人静时常感到空虚，因为她失去了真实的自己，有男朋友，但没有恋爱的快乐；有感情生活，但不觉得甜美。

恋爱要有空窗期

我觉得特别是青春正盛的年轻朋友，千万不要将恋爱当作生命中最重要的事情，而想办法用恋爱填补生活中所有空白，譬如说，没有男朋友或女朋友，想办法随便找一个，即使个性不和，也勉强凑合，若是维持不下去，赶紧再找一个来替补，甚至，分手前就开始物色下一个。

如此的爱情，只是填补空虚，不可能让你投入心力去爱，更难以感受到爱情的喜悦。

以前Fanny失恋都会来找我哭诉，说男友待她如何不好。每一次她都身心俱疲，而每一次我都劝她，这次分了，暂且停一停别交男朋友了，人总需要有一小段独处的空间与时间，才能好好把身心状态调整过来，重新面对接下来的感情，并且也确认好自己往后要的生活。可是Fanny从来没把我的话听进去，她总是在分手之前就迅速地找到备胎，我便等着听她说下一任男友有多么恶劣。

在表面黏腻而实际上只为了打发寂寞的关系里，Fanny二十多岁时，并没有把事业经营得很好，也没有几个知心的朋友，一转眼二字头的年纪过完了，她越发感觉什么都抓不住，赶紧和当时身边的那个男友结婚。结婚之后，作为一位平凡的家庭主妇，她常遗憾没有发展属于自己的人生，埋没了自己的才情，面对柴米油盐酱醋茶，她很怨怼，面对身边这个她也不是很爱的男人，只觉得厌烦。

拥有男（女）朋友不等于拥有爱情，而拥有爱情也不等于拥有幸福。

不甘寂寞只会更寂寞

Kelly年轻时专注于事业，他身边一定要有个能等又耐等的人，所以他选择和现任老婆在一起。他觉得如此布局人生，是聪明的。

当他终于事业有成的那一天，他开了家公司，却写了一封信给他的前女友，与她分享这份荣耀。因为，他心里最爱的女人，始终是她。

夜深人静时，Kelly感到遗憾又痛苦，尽管年轻时他觉得自己爱得很聪明，但过了中年之后，想成熟真实地展现自己，想要寻找真实的感情，却已经回不去了。

真正的爱情，无法驾驭

常有人问我驭夫术，问我如何让老公乖乖听话。天晓得我从不驭夫，说得肉麻一点，我只知道爱他。如果你真正爱一个人，实在不会想驾驭他，而是希望他好、他快乐，你会制造一个舒服的空间给他，他便会哪里都不去。

当你开始试着去驾驭一个人听你的话、只守着你一个人，我觉得能做到这么残忍，如此耍心机，也不是爱了，因为占有并不是爱。而你的另一半，一旦感受到这种残忍的占有，便坐如针毡，只想逃离，尔后你必须更强烈地控制他，那样会很辛苦，而且最终要赔上你自己的幸福。

为了爱情而赔上自己的人，即使得到爱情，也难以快乐。

所以我说，男人或女人，都不要当恋爱的动物，只为恋爱而活，只为守住一个人而活，我们应该要为使自己的生命更完整而活，为自己的完整而快乐，这样的我们，才会具有生命的活力，而这种生命的活力，才是吸引真爱和幸福靠近的强大磁力。

35. 请和前男（女）友保持距离

人生就是要往前走，你放不下从前，就走
不到未来。

回忆，永远是人们说不尽的话题，确实，人一生的
价值，就在于回忆够不够精彩，而也就是这些回忆，成
就了现在的你。

爱情回忆更是扣人心弦，每当夜深人静时，听见一
首歌、读到一段文字，过往一段甜蜜恋爱的场景便在心
中涌现，忍不住想着：他（她）现在过得好不好？还惦
记着我们在一起时那一段美好的时光吗？

所有的爱情故事，都围绕着"曾经"这个美感和遗
憾延伸的浪漫氛围，加强了戏剧张力，让人看着揪心。
其实，在我们的心中，也持续演绎着当年和他（她）未

完成的那段爱情故事，每一次想起，都有不同感受，但永远围绕着一个中心思想：若是我们当初没有分离，如今有多好呢？

可惜的是，人生看不见如果的结果。我的好友Kenny时常感叹，如果他以前成熟点就好了。以前她对他很好，但就是多了一点骄傲固执、不认输的公主病，而Kenny也不让她，总是强势地把她伤害到退缩哭泣才肯罢休，谁叫Kenny自己也是天之骄子呢！

如今Sandy嫁为人妇，生养了两个可爱的孩子，Kenny知道了她的近况，生活非常幸福，并且崭露出温婉可人的一面，完全不同于他以往所认识的那个不解风情的跋扈女。于是，Kenny心中的恋爱故事荡漾起来，他发现原来Sandy这么好！

身为Kenny的朋友，我提醒他："如果当初你们没有分手，多年后的她，会是现在这个样子吗？"

答案是不会。Sandy是遇见了后来的丈夫，在丈夫无微不至的疼惜之下，懂了爱情，逐渐改变自己，变成了一个温婉的女人。

如果故事还能重新开始……

如果上天再给你们一次相遇的机会，你们会更幸福吗？Amy会非常笃定地告诉你，不会。Amy与前男友在十多年前就分手了，他们都是彼此的初恋，分手的原因是，前男友太花心又太会说谎，在一次又一次的背叛之后，Amy选择黯然离去。

事隔十多年之后，两人因缘际会再度重逢了，前男友对她露出眷恋的眼光，那一刻，她陷落了，心想，都已经过了那么多年，他现在应该有所改变了吧？对她一定是专注深情的，否则，怎可能分离十多年后，还对她有那种眼光呢？因此他们开始频繁联系、见面，每一次见面，都欣喜若狂，每一次分开，都离情依依。

以前他总说她不够主动关心他、体贴他，因此有一天，Amy特地请了一个假，出奇不意地到他的公司等候他下班陪他吃饭，要给他一个惊喜。

等待时，她瞥见身旁一位长发及肩的女子，不知为什么，特别注意她的言谈以及举手投足。但当她看见她的手机吊饰是哆啦A梦的图案时，心里顿时一阵哆嗦……那是前男友最喜欢的图案。

当前男友从大楼里走出来的那一刻，原本要上前给他一个灿烂笑容的她，并没有被看见，被看见的，是她身旁那个女孩。这个情景，在十多年前就上演过好几次。她终于明白，以前那些舍得离开的人，都是不爱你的人。因为爱你的人，总舍不得离开。

再回头爱，也不是现在

分手之后，最好与前男友（前女友）保持距离，不要轻易回头。回头这件事情就像是温水煮青蛙，一次烫不死你，两次烫不死你，第三次也会烫死你。爱情也是这样，第一次分手后伤得不重，第二次分手再伤，难道你非要使自己的心伤痕累累，才肯罢休吗？你回头得快，原谅得勤，在对方心里就轻薄如羽翼，他不会痛改前非，焕然一新。所以，即使要再回头爱，也不是现在，而是分开一段时日之后，若是彼时还爱，若是彼时能重新信任对方，那爱情之花才有开得更灿烂的可能。

尊重彼此未来的幸福

有时候，重逢的两个人，延续了感情的生命，但也只是把无能为力改变的结局拉长了。譬如说，有些恋人只想和你在一起，但绝对不想与你结婚。有时候，各自有伴侣，又沉溺于情欲之中，但绝对不会离开自己的伴侣。人生路上这样牵牵扯扯，徒使心力交瘁，既烦琐又动荡不安。把原本的幸福分给别人一半，把自己也切割了一半，让后来的爱情，都变成一条长长拖曳着的尾巴，甜蜜沉重且令人叹息。都说仍爱着，但却绊住了彼此追求幸福的力量。不如，真的爱他（她），就别再羁绊他（她）；真的爱自己，就放手去追求未来的幸福。
我们可以回顾，也可以在夜深人静时说说故事给自己
听，笑得甜蜜，但明日清醒，我们依然要往前方飞去。

36.相爱，才是结婚的基本条件

携手人生路，无处没有难关，没有爱，难关会过不去，过得很孤独。

看"锋菲恋"写下的爱情传奇

最近，"锋菲恋"世纪大复合吸引了全世界华人的目光，而这份男女双方曾经相爱分手后，各自嫁娶又因缘际会离婚后，重新聚首的爱情"传奇"，也在粉丝们心中写下了揪心的真实版爱情童话。

有人说，真能相信爱情了。

那么，过去两个人各自的婚姻又是什么？是曾经有过悸动，而很快地转变为努力经营共同家庭生活的动力。

"努力"是多么真心诚意的词，又是多么寂寞的词，那条道路从不会水到渠成的。我们在人世间泅游，诸事不能水到渠成，若是与生死相依的另一半的婚姻经营也不能水道渠成，那该有多么辛苦？！

2014年更早之前，女星李心洁面临丈夫出轨的婚姻危机，选择轻轻地放下，也是以另一种方式诠释婚姻。可能是亲情的，灵魂相依的。

真实的爱情永远会在，而那不是领证就能证明得了的永远。

错误的婚姻观念造成了离婚率居高不下

华人的家庭婚姻观念总认为，结婚代表了一对青年男女有了牵绊的情感与家庭，不再飘荡，如此对于生活与事业是有加分作用的。如果没有意外，那代表的意义是资产逐年增加，子孙满堂，老有所依。

男人想，要是结了婚，有个老婆照料自己一家老小，心理上更踏实无虑，在事业上表现会更好。而女人想，要是结了婚，有个属于自己的丈夫，就不需要继续在情海中漂流了，而且在竞争激烈的无情社会里，有个事业心很强或资产很丰富的"法律保障的另一半"，会使女人对于生存的担忧减少许多。

男人和女人，都默许了这样的婚姻观念，所以男人会希望等待自己的事业发展有个眉目，或至少自己有相当的家产，才会动起结婚的念头，当然，彼时他们希望的另一半，必须是能为他们操持家务的。

女人则是不断地拣选男人，拣选一个资产实力最强的、对爱情最忠诚的人，才会愿意披上白纱。

在这样心照不宣、彼此默认的婚姻观念之下，许多人进入婚姻的第一步就踏错了。

就如同一位女性朋友曾经在婚前单身派对上对我说的那句话："我不爱他，但我一定会嫁给他。"实际上她爱那个男人有钱而且肯为她花钱。

而另一位男性朋友在结婚前夕对我说："都走到这一步了，还能怎么样？"实际上他爱那个女人愿意照顾他这个独子家中的长辈。

不过这些都是潜藏在他们内心深处的秘密。我相信他们必然对于婚姻忠诚，如果此生没有重大事件，也能相守到老，最后会有一种亲情的互依与温润出现。

但如果没有这么顺利呢？

一位高龄九十岁的老妇人，非得和另一半打离婚官司不可，她誓言死也不做他家的人。在S.H.E《我爱你》这首歌MV里的真实故事，说了一位年轻时与恋人分离，来台湾结婚的女人，年老时发现年轻时的恋人终身不娶等待着她，就对她法律上的丈夫说"请把我还给他吧"。

现代人离婚率极高，轻别离，是因为当初策动结婚的念头，不是出于相爱。若是真心相爱，哪怕天崩地裂、海枯石烂，都不能将两个人分开。若不是真心相爱，谈离婚，只需要一次争吵、意见不和就可以说出口。

若是不爱，结婚更是寂寞

很多读者都写信问我，她们遇见了怎样条件的男人（其中还有胡润排行榜上的富豪），问我能不能嫁给那个男人？我都会先问她们："你爱他吗？你喜欢他吗？"其实多数人说不出来，只想知道，嫁给哪个人比较万无一失。

如果你不爱他，即使那个人再高帅、温柔、体贴、资产丰厚，你也是会腻的，当你腻的时候，你甚至不想与他同处在一个空间。女人其实很重视自己的感觉，要是感觉错误，没办法经营婚姻。就如同后来我的女性朋友，婚后依然流连在前男友们之间取暖。

男人也是一样，如果他不爱，他最多能尽到一个做丈夫的责任（通常会比一般丈夫还尽责），但只要他遇上电光石火的爱情，他也会离去。如果他没遇上电光石火的爱情，就会不断地追寻婚姻之外的可能性。

婚姻最重要的条件是相爱

人类都是感情动物，我们实在很难给爱情开出什么准确的条件，"因为爱，所以爱，温柔经不起安排"，我们承受不起更好条件的人，也不会安于一个更坏条件的人，我们终究只会死心踏地地与一个刚刚好的人在一起。如果我们能与这样的人结婚，根本不需要去思考往后婚姻会面对多少难题，人生会遇见多艰难的坎。因为想要与一个人继续走下去的动力，会使那一切举重若轻，谁出轨都不能分，破产不能分，大难临头不能分。

如果不是呢？那么，即使拥有了全世界，谁都羡慕的幸福生活，谁都渴望的温柔与理解，那么多的爱与包容，但感觉不到爱，想爱的那一块缺了，依然寂寞，而且因为必须面对共同的婚姻，更是寂寞。寂寞到了头是怨，是想自由，是锦衣玉食赎不回的快乐。

37.够好的人永远有婚恋市场

> 别太在意年龄对于婚恋的影响，重点是你要够好。看看伊丽莎白·泰勒，一生结过八次婚。

自从出版了《女人25，活出最好的自己》这本书之后，经常有年轻女孩问我：洁心老师，我都已经25岁了，还没有婚恋对象，愁啊！"我读了这样的信之后，很想告诉大家，"女人25，没有婚恋对象"又怎么样？重点是，你有没有活出最好的自己？活出最好的自己的人，根本不愁嫁。

女人只要嫁人就好了吗

这使我联想到前不久与一位中小企业老板深谈，他说公司里来了一位助理女孩，表现得还不错，他私下与她约谈，鼓励她好好利用公司资源自我成长，提升职场价值，结果只见那女孩慵懒地回他一句："可是我不想自我成长，我只想赶快嫁了在家当家庭主妇就好。"

我觉得女孩们看待婚恋市场太过于偏执又单纯，以为人生不是选择婚恋，就是选择事业，又内心暗自看贬婚姻生活，以为女人只要进入婚姻，就没有了竞争，就不会被淘汰，而且身为一位操持家务的妻子，比起当一位公司主管，要轻松、简单多了。那是大错特错。

我认识一位名人的妻子，她从二十岁留学归国之后就和那位名人在一起，尔后顺其自然嫁给了他，成为专心为他操持家务的妻子。她没有进入过职场一天，可是她的能耐却很大。

首先，她的家世背景很强，这样的家世给了她非常好的学艺教养。她虽然不曾进入职场，但见过的世面绝对不比一般的职场女人少。这个优势，使她能成功辅佐丈夫的事业蒸蒸日上。

其次，她自己聪慧自律，能明辨是非，能扭转局面。以前他的丈夫免不了在外拈花惹草，但她不吵不闹，表面以温柔体贴驭夫，实际细密地掌握丈夫的举动，挡他的桃花，然后她耳鬓厮磨时顺便说说丈夫那些狐群狗党的坏话，如此长时间奋战，让她丈夫专心为她当牛做马，绝无二心。

在家庭生活的操作上，她非常用心，从老到小，她无一不照顾周到。

最后，是金钱能力。她具有非常强的学习能力、公关能力，所以她能从理论面到实务面掌握全盘的经济信息，投资精准，让丈夫赚的血汗钱增值再增值。

所以，年轻女孩不要再说"可是我不想自我成长，我只想赶快嫁了在家当家庭主妇就好"这样的话，如果没有自我提升成长，当了家庭主妇"只会更不好"。家庭事务可以说是社会事务的缩影，其中有爱情面、人际关系面、行政庶务面、政治面、危机处理面、亲子关系面等等，那复杂程度比起做好工作创造亮眼的绩效，还要复杂很多。

活出最好的自己，就能得到最好的婚姻

如果女人没有活出最好的自己，只是听到25岁的钟声一响，就浑噩地进入婚姻生活，那其实很快地，她们不是被婚姻生活压扁了，就是快速地被甩出婚姻生活。然后，你觉得可能是遇错人，快速地再投入一次，但结果依然如此，直到你对婚姻彻底失望。可其实真正的原因是，你还没有活出最好的自己，所以得不到最好的

人，以及最好的婚姻。

好女人不愁嫁

　　无论是首婚、二婚、三婚……你会发现有些女人永远都有一票男人追求，那些男人还好得不得了，这说明了一件事情：好的男人就是会欣赏好的女人，而好的女人就是永远有好的选择，哪怕她已经七老八十。

　　就好像世界上最美的钻石，无论经过多少年，它依然璀璨；而好的玉器，经过时间琢磨，更显其清亮光泽。女人若是持续地自我成长，她只会越来越美丽，越来越有智慧，最重要的是，越来越懂得爱人。这样的女人，是珍品。

　　这样的特质显现在样貌上表现如下：

　　1.越来越精瘦健康

　　因为她知道自己的身体需要什么，不需要什么，懂得掌握饮食节奏。

　　2.越来越靓丽

　　因为她认识自己的优点，穿着打扮越来越能扬长避短。

　　3.越来越吸引人

　　因为她的历练带给她智慧，而这种智慧带给她气质。

　　4.越来越善解人意

因为她有能力爱，也懂爱。

只能从外表和年龄去选择女人的男人，就如同只能从社会地位和金钱去选择男人的女人一样，没有能力认识自己，也没有能力认识别人，所以总是在错误的选择中打转，直到伤痕累累，还说爱情和婚姻不属于他。

无论你现在几岁，无论是婚恋状态还是非婚恋状态，我要告诉你，婚恋生活永远都有为你敞开的大门，而你手中要握着一张门票，那张门票叫作"爱自己，并且活出最好的自己"。

Chapter4

爱情，是需要经营的

就算两个人一见钟情，如果不善加经营，
那么这把爱火，也会烧尽。
很多人都以为，两个人关系确定之后，就夺标了，
以后无论如何他就是属于你的了。
如果他还有二心，没有把自己完全交给你，那就是天杀的背叛。
如果你还有这种思维，那真的很老派。
两个人一直在一起并不难，
重点是，两个人在一起是痛苦还是快乐？那才见功夫。
爱情的意义是后者。如果两个人在一起不快乐，
那就是错误的，是应该要想办法处理的问题。

38.一见钟情靠缘分，细水长流靠智慧

如果你不想吓跑任何一位对象，就请收回那"一夕之间爱上你"的幻想。

哪有一夕之间爱上你这回事啊？

想结婚的不只是女人，我也遇到过很多超想结婚的男人，也督促过这些男人和超想结婚的女人去约会过，但没督促他们就不约会，我才发现，原来他们恋爱是需要人帮忙的。他们不懂得营销自己的优点，不懂得挖掘别人的优点，满脑子只想着约会、制造浪漫、鲜花、突然之间抱在一起、一夕之间对方变成可圈可点的另一半，女生会全然地支持男生的事业与家庭，而男生会无条件地付出、体贴、包容……就像是偶像剧里演的一样。

请注意，是"一夕之间"，可能约会一次之后，突

然就变得好爱、好爱、好爱……

　　这使我想起很久以前，我还没想结婚但又没男朋友的某段日子，去学开车，教练好心介绍给我一位警官做男朋友，当然也大肆吹捧了他的个性和家庭环境皆优这些事情，因此我答应给他电话号码。

　　由于年代久远，我只记得他在某一天下午call我（我必须详述一下当时我只给了他电话号码，但双方不知对方长得是圆是扁），语气黏腻得害我一直在掉鸡皮疙瘩。

　　"听说你长得很可爱哦。"嗯嗯，我承认从小到大一直被人说可爱，但你不需要眼见为实吗？

　　"我可以每天都花很多时间陪你呢！"听起来不错——如果你受得了我的脾气的话。话说回来，我有点孤僻，所以你真的不要花太多时间陪我。

　　最后，是以下这句话让我立马决定抽身走人。

　　因为他说：

　　"那你会很爱很爱我，为我做很多很多事情吗？"

　　"我不知道耶，你也想太多了，这样跳得太快了。"

　　见鬼了，我立刻婉拒他的见面邀约。

　　如果你不想吓跑任何一位对象，就请收回那"一夕之间爱上你"的幻想。

39. 女人可以为自己创造被一见钟情的机会

男人一开始对你是虚情还是真意，其实还真的不重要，重要的是，你要爱得好、爱得妙、爱得呱呱叫，这样就算是一见没怎么钟情，以后都会被你催眠成真爱。

分手之际，男人对女人说："其实我没有不爱你。"（其实男人也很拗，就不说"我爱你"。）

女人说："可是我感觉不到你什么时候爱我了！"

所以我说男人和女人根本是两个星球上的人，要搭起沟通桥梁，不断地验证到底"你爱不爱我"真的很难。既然难度这么高，怎么办？老人家的办法就是"妻以夫为天"，你没得选择，只能相信，你相信他爱你他就不好意思不太爱你，久而久之大概也会真爱你。万一他刚好此生无缘分遇见生命中的真爱就死掉了，或者是他此生根本没有爱情的自觉（就是他这辈子都不知道他爱的女人是什么样的），那不好意思，你就荣登某个男人生命中"真爱"的宝座啦！江湖一点诀，说穿了没什么。

现代人的方法比较科学，就是从言语心理学、行为心理学等科学实证，去分析解构爱这件事情，得到一个差不多准确的定心丸，然后投入，或是离开、接受，或是拒绝。科学中比较不科学的方法还有算命。总之，都是女人爱得太慌张，不能不小心翼翼。

自古以来，每个女人都在问，真爱自己的男人究竟是什么模样？

一见钟情可靠吗？

有人问我一见钟情可靠吗？才见过一次面，约会三次，就对你猛烈追求，这样的爱情可靠吗？

虽然我的理性根本不相信一见钟情（我等下再告诉你为什么），不过我看过、听过、体会过的一见钟情不在少数。我就曾对谁一见钟情过，还真的爱了很久。那种感觉是，以前遇到的人，最多只有60分，可是这个人，只见一面，你就能给他99分，不得了，你从见到的第一面就知道以后要死在他的手上。

我也被人家一见钟情过，虽然我对那些人的钟情都没什么信心（我等下再告诉你为什么）。

我看过女生一天到晚被人家一见钟情，还真的是爱她爱很久，几年下来她都是人家生命中的99分，人家以前认识的都只有60分。

所以被一见钟情需要条件很优吗？那也未必，我认识比我体积大两倍的女人，还不是温柔美女那一派，脾气很差，早早就嫁给了"富二代"，孩子她管，钱她收。

所以要问我一见钟情可靠吗？我会说蛮可靠的啊，如果他感动了你，那就蛮可靠了。

但他要怎么感动你？用黄金、钻石、存折，还是帅气的外表？如果是这些，那就不太可靠。我不是说男人用这些感动女人没诚意，不可靠的是女人自己，如果你是被这些可变的条件感动，那么以后你也会因为这些可变的条件而变心。你知道，那个引发爱情的feel一旦减少，你就很难对他说两句好话，很难对他多一些温柔，久而久之，男人就像斗败的公鸡，退场，另辟战场，所以不可靠。

那女人因为男人做牛做马而感动就可靠吗？那也不可靠，如果女人爱的是男人做牛做马，那你结婚之后一定失望，因为男人真的很懒惰，所有的能量都在婚前耗尽。唉，男人的做牛做马是花火，天女散花。

　　比较可靠的一见钟情我觉得是信任，信任是一种感觉，就是你相信他。相信怎么来的？就是以过去惨痛的经验、智慧，加上对自己的看法而来的。如果以前你遇到很多残酷的恋情，你就知道某种人不能信任，并且从其中领会能信任者的样貌形象。

　　对自己的看法又从何而来？那就是自信。如果99分的男人来爱你，你至少也要认同自己是90分以上的女人吧？

　　以我的理性，以前不相信一见钟情，是因为我不相信自己是90分以上的女人，所以我对那些对我一见钟情的爱情也没信心。唉，不要说一见钟情了，就算是爱我一万年，我也没信心。

爱自己的女人比较容易被一见钟情

　　如果你认同自己有99分，你会觉得99分的男人来追你不可靠吗？你的气势有99分，你就抓得住至少90分以上的男人。如果你的气势只有60分，那你要抓到50分的男人都很勉强。

　　爱自己的女人，就是认同自己的女人。女人要怎么认同自己呢？第一步就是认识自己的外貌缺点然后去改进，但是不要没有限度。你觉得自己改变穿衣搭配，改变发型更美，你就去做，这些已经有很多专家达人给出建议，你要去学。

去和认同自己的女人接近，学习她们的态度。

然后你要随时实证，看看改变后的自己，有没有更吸引男人的注意，如果有，你就是在进步的路上了，你已经更好了。

就要这样一步一步地取得"认同自己的执照"。

我现在常常觉得被很多男人一见钟情（真是不好意思，今天还有男人说要约我去喝咖啡、看电影），然后我都相信这样的一见钟情，只要我想要，都能"hold住"，都可以让它变成男人此生绝无仅有的真爱。但不好意思，目前没有很想要。

你认同自己，你就会在气势上取胜。你真的没必要在鼻子的高度或眼睛的大小上做文章，那是一条不归路。女人吸引男人靠的是魅力，魅力很难实证，但是你爱自己就有魅力，会清楚地让男人感受到，你是一个女人，你太乐意充当女人这个角色了。

写到这里，突然觉得，男人一开始对你是虚情还是真意，其实还真的不重要，重要的是，你要爱得好、爱得妙、爱得呱呱叫，这样就算是一见没怎么钟情，以后都会被你催眠成真爱。

40.情话说得再多，也比不上真心的互动

> 对于足够信任的感情，实在不需要听太
> 多花言巧语。通常需要听花言巧语的感情，都
> 是有问题的。

话说我们家大宝最近很敢讲什么娶小老婆、找小三这种混话，他甚至连娶小老婆的婚礼饭店都想好了。然后算命的又说过他命中有双妻。

我听到他说那些无聊的咯牙话时，都很冷静。如果一个男人实质的忠诚度已经达到必须咯牙两句这种话才能证明他和一般男人一样花心正常，那干吗不让他开心一点？

基本上，我们两个人好像从不研究"爱情忠诚度"这件事情，大概就刚认识的时候我研究了一下，发现他

是一个本质老实、感情专一的男人，就差不多了。我对于浪子或什么素行不良的男人没什么兴趣，因为他们玩的三脚猫功夫我也会，而且我认真一点儿都会玩得比他们入流。不过我的人生志不在此。

那更不要说我们这几年共同度过了一些生死攸关、无以为继的时刻，有了革命情感。我想以上两个事情，会让一个本来就情感专一的人，在感情世界里变更成矿物。

我要说的是：对于足够信任的感情，实在不需要听太多花言巧语。通常需要听花言巧语的感情，都是有问题的。

不是对方行为太可疑，就是你自己不够相信被爱这件事情。以上两种感情状态都岌岌可危，我认为应该视为无缘。这种情况，应该各自去发展新恋情，这样会比较有益于身心。

爱情最遥远的距离，不是听不到，而是感觉不到

人们总是在问：你爱不爱我？如果我和你妈一起掉到海里去？如果有一天我又老又丑？如果有一天我……

我想以上问题都很难回答，不过如果有个深刻的拥抱或深情的眼神，就不用再问了。

原则上我是很爱我家先生的，但如果问我以上问题，我会回答成这样：

1.你爱不爱我？

没特别感觉的时候→爱啊！

有特别感觉的时候→我干吗告诉你？

气愤的时候→不回答。（心里暗想，我没跟你提离婚你就要偷笑了，还爱呢！）

总结：如果还没提离婚或分手，那平均分数还有60分，可以算爱。

2.如果我和你妈一起掉到海里去？

我会先救我妈，因为你比较年轻力壮，撑得比较久。

3.如果有一天我又老又丑？

基本上我不喜欢老男人，我又没病。

不过到时候我也又老又丑，挑剔你也说不过去。

4.如果有一天我……

我的个性很难再嫁到第二次，所以会摸摸鼻子守寡。守寡又不会死，我外婆守寡超过半个世纪，她活得可好了。

如果是对于一个感觉不到的人，我说这些话也就等于宣告分手。不过我通常很敢说，因为我确信我说的对象是一个感觉得到的人。（我确信他看见我一边对他冷眼一边仍为他幸福而努力的样子，而他总是看见后面的比较多。）

女人，就是要和一个能感觉得到的男人在一起才对。就好像我以前在当朋友和他男友的和事佬时，都一直跟她男友说其实她很爱他，然后她男友就得意地笑呵呵，说："为什么她那么爱我啊？！"

事实是，她也没有像我说的那么爱他。（不然之后怎会甩他甩得干净利落？！）不过他相信了就是。

这就是关键所在了：他太渴望她的爱了，所以只要有一点点语言文字证据，他就一定会相信。

就好像你太渴望中大乐透，所以每一次踩到狗屎都相信当天会中大乐透。虽然每一次狗屎都欺骗了你。

可以这么说，如果你太相信语言文字或任何证据，却不去感觉一个人实质上如何对待你，那么你会爱得患得患失，爱得很痛苦。因为喂养你爱下去的语言文字或任何证据，永远都不够。

那是爱情最遥远的距离。

我们都因为不相信而在爱情里受挫

是不是爱情，没有什么需要证实的。感觉有就是有，感觉没有就是没有。

感觉没有有三种情况：

一个是你们都没有；

一个是他有你没有；

一个是你有他没有。

人们通常比较在意的是：你有他没有。

你有他没有，有时候是因为他真的没有，实质证据请去读《他其实没那么喜欢你》这本书。

你有他没有，有时候是因为他有一点，可你想要更多，但是你没耐心、没心情、不肯付出更多时间去得到，就像股票一跌随即认赔离场，自怨自艾。所以两人的结局是没有结果。

你有他没有，有时候是因为他确实有，但你太看轻自己，以为没有。这种叫作无缘，无缘在于你感受不到。

我们在爱情里受到挫折时，通常有以上三种现象，实际上这三种现象都可以随着自己与对方因时间的改变而改变，但是当下我们只会因为自己的执迷而受挫折，不会思考如何去成全两个人，所以最后都是无缘。

让不安离开吧

就不要再问那些蠢问题，只要专注，当你需要他的时候，他是否都会在，且给你一个善意的响应？

相信那个善意，抓住那个善意，你就当一次傻子，做一次被讪笑的人又何妨？如果那个人，是你真心想被他所爱的那个人。

文末，我又想起张晓风小姐所写过的一段文字，大意是：人生难免伤心，但是你坚持一颗永不受伤害的心，又有何意义？

41.合得来靠个性，也靠互相包容

爱情对于〝勉强〞过敏。

谈到这个问题我就想说一个笑话，那就是从我开始对爱情有感应的年纪，我就觉得自己和帅哥特别合得来，还特别有缘分。我这话不是随便说说的，因为我身边比较熟识的男性都很帅。（然而近水楼台，却没有先得月，都给别人得去了。）

那时觉得和他们好合得来呀，他们也觉得我好亲切啊，重点是，我非常了解他们在想什么，所以我不和帅哥在一起，还有天理吗？但事实证明，我就是没有和帅哥在一起的命。所以，合得来和爱情之间，到底有什么关系呢？

当自己太想要得到一个人的时候，就觉得自己和他好合得来，但其实都只是自己一门心思地想要去合他的想法，而说服自己这样觉得。而这种勉强与失去自我的表现，却更快速地使自己在这段爱情里出局。（很奇妙的是，爱情是这么精巧细致，对于"勉强"直觉地过敏。）

187

"合得来"是经营长久爱情关系的基础

我觉得"合得来"是经营长久爱情关系的一个基本标准而已。如果两个人合得来，就不会轻易吵架，不会从牙刷问题吵到加班和结婚同居问题，那爱情才有了可以长久经营下去的基础。但人和人是如此不相同，两个人要完全地像连体婴那样"合得来"，怎么可能？我觉得，只要有三五成相投合，甚至只要别到什么都不对路的地步，那就好了。

至于全然互相投合，属于凤毛麟角，而且爱情其实又不能这么合得来，不能这么冷静，否则好像吃着一锅冷饭，嚼着有营养却没味道，没有异见的火花，没有征服和拉锯的力道，那感觉更像兄弟姊妹，而不像情人了。

"合得来"也要靠经营

因此，我认为完美的婚姻或爱情不是都不吵架，而是吵架的火花爆开来之后，要用理解和"合得来"收尾，"合得来"主要是用在这种时机。以我来说，像我老公这样好脾气又非常理解我的人，也难免被我极端情绪化的言语激怒，会被激怒是因为爱，因为"我对你有被爱、被理解的期待而你却伤害了我"。

但是被激怒了之后呢？第一时间是不搭腔，因为空白足以给人以冷静的空间；如果我还不能冷静，他就耍可爱，说"你干吗骂人家？人家又没有怎样"，然后我就要知道进退了——如果我不想要后面更费力收拾场面的话（这当然是过去的经验告诉我的，相较起收拾冷战的场面，我宁愿先退一步海阔天空）。如果我还不收手，继续攻击，那么他就会板着脸，沉默，让我自己耍可爱收拾场面。我不喜欢收拾残局，因为我很爱自己，所以通常都会在人家让步的时候适时打住。

"合得来"也是经过相处之后的结果。举例来说，我曾经用内容多达千字的信用力宣泄我的不满，从工作室的计算机发E-mail到房间的计算机，而他也用更多字的信回应我的不满。我们这样一来一往地吵着，没有结论，最后我不爽到想要甩掉他，却在那时候听见从房间里传来一首歌，音量故意放得很大声，那是光良的《童话》。然后我听着就哭了，就忘记了自己到底在吵什么，好无聊，好低级。

情人吵架要有一套SOP处理模式

谈恋爱的时候就是这样，大致上已经算合得来，否则他发出的电力我感受不到，而我发出的魅力他也感应不到，只是两个人的个性大不相同，还要有一点时间和吵架经验去磨合。

但也不是吵架吵久了，麻木了就没事。我以前认识的一位朋友经常和她的男朋友吵架，吵到半夜快要昏倒送医急救，最后真的是麻木了，也死心不爱了。吵架之后总想着，这个男人整体的表现是不是爱自己的，如果是，就要想出一套方法来应付未来还可能再次出现的争执。

一开始我的方法是放空，不把那些太刺激的事情认真地放到脑袋里去，等到我的理性差不多可以运作了，再来沟通，结果可能是觉得没什么而无条件让步。如果觉得太有压力就直接理性对话，例如"我没有办法""我应付不了"。做人要将心比心，也许我在意的事情在他看来太无聊、太诡异，但若想想我也曾理解过他所在意的，我却觉得太无聊、太诡异的事情，那就可以做到了。

"我觉得还可以用别的方式。"如果一个男人够爱你，话讲到这样差不多就可以了，不必多给压力。我的底线是"我觉得其实这样对你不好，要不要换成那个方式？我是为你着想"，如果连这种话都说出口而男人还不给你好脸色看，那叫他去吃大便吧！

42.理性沟通和耍心机都让爱情失色

　　爱情里一定要有不讲道理的部分，要能得到不理性的"特别待遇"。

　　有人说无论谈恋爱还是经营婚姻，都要讲道理，要理性沟通，其实谈恋爱光靠理性真的不够，我们身边也看过太多案例，女生讲道理讲到可圈可点、无懈可击，几乎可以像法官那样正义，像慈济大爱那样大器，但偏偏男人是狗养的，听不懂人话，照样撒泼，那有个屁用？如果男人本质不优，听不懂人话，那理性沟通也是没有用的。如果男人不够爱你，把你的话当屁，那你在他的身边也就只是一团很臭的空气而已。

　　理性沟通也是有底线的，爱情里一定要有不讲道理的部分，要能得到不理性的"特别待遇"，否则，我们交朋友就好了，何必追求"生死相许"的如胶似漆呢？

除此之外，如果两个人不能通过正面沟通得到一个都愿意接受的结果，如果你还要耍点心机和手段才能让男人配合你的需求而作为，那么这"爱"字里的那个心，恐怕只能代表各怀鬼胎。

"合得来"是一种缘分

我见过许多女生，和什么样的人都合得来，她们天生是那种细腻、体贴、善良，无所不包、无所不容的女生，然而，因为"看起来什么都好"，反而很难找到对象，因为，爱情还是需要"不合"的火花呀。"有点不合"感觉比较有吸引力，因为爱情就是一个奇幻世界，要走进彼此的陌生之地，那样好奇，又那样牵动人心。

"合得来"也是一种缘分。有时候我们和一个人每日或每周的相处时间就是这么短，原形不会毕露，看起来都好合得来，可一旦进入婚姻，朝夕相处，再加上身边亲朋好友经常来凑个热闹，婆媳关系、姑嫂关系、妯娌关系，那就很纠结了。在受尽委屈的彼时浓情蜜意尽失，整个脑袋只剩下同一个意思却不同用字的脏话。

有一天我打电话给已婚好友，她那时正和人争执，一口气无处宣泄，对着我大吐苦水，说着说着，难以自制，什么难听的话都说出来了，连我都赶紧把电话拿到离我老公远一点的地方，免得她的音量太大、太难听而吓到他。当下连我这么好的朋友，都没种地对她说了一句："你要冷静一点啊，其实人家也是没有恶意的……"

说着说着，忽然感觉她把嘴巴转向另一个方向，破口大骂，我当下一惊，my god! 你老公就在旁边？！你竟然还把话说得这么难听，是想要直接离婚不成吗？不要吧？能够忍受你嫌他长得矮还能笑笑回嘴的男人不多了耶！

结果人家隔天好好地出国玩。

我第一次见识到什么叫"床头吵架床尾和"，可看来那男人根本没跟她吵，一路都举白旗，否则她没完没了。不过她也是比我还要豆腐心的人，只会讲难听的话，难看的事情都不会做就是了。

所以"合得来"不但是一种天赐良缘，还非常难能可贵。男人的那种"让"，不是还没追到你所以什么都让，而是追到你把你娶回家还是让你的那种让，一辈子都让，怎样都让，你偶尔耍脾气他也让。天啊！太珍贵了。

每一次我跟我老妈诉说我和我家先生是多么相爱，理性的我妈都不置可否，只淡淡地说："那是你们合得来。"有一天她甚至对我说："以你这种个性，要是嫁给别人，早就离婚了。"

说得也是。离婚一直是我的选项之一啊，婚能结怎么不能离？好的生活状态比起有无婚姻的状态还要重要很多。所以结婚的同时也要维持好的生活状态，再说，原则上，两个都很爱自己的人，都很想要维持好生活状态的人，都会主动尽力维持好的生活状态，不会"摆烂"，也没有什么离婚的机会。

你说小三？我觉得婚姻和爱情同样自由啊！如果他和小三在一起更幸福，那就赶快去吧！我也可以趁机找一下"第二人生"。

现代女性都很独立自主。有人说，因为女人都太强了，太有自己的个性了，所以找对象很难。我觉得有独立思想的女人才能从"独特"中散发自己的魅力，这样反而更具有爱情的吸引力。只是，当女人确定了对象之后，就要学习和对方共同经营一个有声有色的生活，从自己的鲜明个性出发，找到在对方爱情里游泳的方式。我的朋友看起来虽然过分，但她的罩子还是很亮的，虽然骂人骂得那么过分，但心里还是有一把尺，知道如果还不想甩掉这个男人的话，应该在什么界线之前收手。

合得来也不是王道

　　读了日本女性作家曾野绫子《幸福的才能》一书，有两个内容深深地感动了我。她说："爱不是情绪，是义务。"她说的是大自然与人之间的关系，但我觉得在爱情里面也是一样。这种道理就如同两个人在婚姻誓词里说的一样——"无论环境顺逆，疾病健康，我将永远爱慕尊重你，终身不渝"。从情绪上来说，我们绝对不会爱一个患有疾病的人，也不会爱一个逆境中的人，因为那种全身心投入的危险实在令人害怕。但任何一个人，都有疾病或逆境的时刻到来，如果爱是情绪，那么它只是一种贪婪而已，与爱无关。

　　爱情是义务，是智慧，是在爱的时候，看得见对方的光明之处，也看得见对方的黑暗之处，能全然接受，并且全身心投入。不能忍受的黑暗之处，也要用承担义务的心态努力去爱。

　　曾野绫子又说："真正的爱——虽然不爱他，但是行为要像是爱他。"说的是婆媳关系，但我觉得在长远的爱情关系里也是一样。我们和一个人在一起，不可能一年三百六十五天，一天二十四个小时都好爱他，都想全心为他奉献。如果对方生病太久，我们就觉得好麻烦；如果对方一直没成就，我们就觉得好厌烦；如果对方太需要被照顾而我们好忙，我们就觉得不如单身……
当那种时刻到来时，我们的内心是没有爱的，只有对自
己的疼惜。

但是行为还要像是爱他，为什么？因为爱不是消失
了，只是被现实恐吓到角落去了，如果就此放弃，那么
当爱情觉醒的时候，却回不去了，怎能接受呢？

合得来有时候是假装，就像我年轻时太想得到帅
哥，所以自认为和他们合得来；合得来有时候是忍受，
就像很多女人在爱情里受到太多委屈，却为了想得到一
个男人或一场婚姻，而忍受自己和对方不能合得来；合
得来有时候是包容，因为这爱值得，所以想走得长远，
不介意偶尔低头侧身而过。

43. 女人不要在自己的男人面前逞强

"其实我真的不是很强，请帮助我。"

练习几次，你就会习惯，而且知道很多人愿意
无条件爱你，你会感受到更开阔的幸福。

我的工作常常遇见所谓的女强人，虽然说我也常被那么看待，但我自己不这么看，因为我所认识的女强人们，她们都比我强多了。我对女强人的定义是像"大姐头"那样，不管什么事情都会跳出来行侠仗义，在她们的心里，只有该不该做的事情，没有能不能做的事情。

其实我年轻时也是百分百女侠一枚，但后来年纪大了点，那挥剑的姿势就有点狼狈，所以非到关键时刻不把剑论公道是非就是了。多数时候，我都是以服务的姿势在茫茫人世中泅泳。

也可能是我身边的侠客众多，比我技高一筹，所以我就不需要强出头。

真正了解我的人也不认为我是个女强人，只觉得我是一个有皇后病的女人，执着起来要人命，他们干脆让步算了。

但我和那些真正的女强人们，最大的共通点就是，撒娇功力不怎么样。理性多于感性，说理多于说情，煞风景。

我曾经看女强人和她们的另一半的沟通方式，就是不断地指导、纠正，即使微笑着，言柔词软，也是指导纠正。

"Baby，你这样做不太好哦。"

"Baby，我认为应该不是那样，而是这样。"

"Baby，我不是这么想的。"

此时，若男人是个小男人，你就会看见他焦急得汗如雨下，而若男人是个有点自我的男人，你就会看见他深呼吸，压抑自己可能随时冲口而出的三字经。

我比女强人们更糟糕，我会直接把脸沉下来，一脸"现在到底是怎样"的表情，那么臭。

我从年轻到现在一直被男人嫌弃太理性（我的小眼

睛看起来也比较理性，不特别瞪大眼睛时，看起来都像很不爽），虽然身材魔鬼但说出来的话很煞风景。因为我实事求是，男人说错的道理我要指正，男人开玩笑的话我要及时"拨乱反正"，以免"后患无穷"，然而我最大的败笔，就是很爱对暧昧中的男人说："你现在到底要怎样？"

啊，怎么了？！男人还在梦中，听到这话就清醒了，就是"白天不能自由活动加上晚上不能打电话给别的女人"，最终进阶到"尿布奶粉钱加上黄脸婆"这种场景，他实时冷却，顿时感觉眼前这个辣妹也不那么辣了。

不过像我这种瞎猫也会碰上死耗子，当年面对我老公诚恳膜拜再三的追求时，我很不耐烦地说："我已经厌倦无聊的恋爱，所以如果不打算娶我就快走开。"

"没有很爱我就走开。"

"不能忍受我就走开。"

"还想搞七拈三就给我走开。"

……

由于这个男人最后都没走开，所以我没得挑剔只好嫁给他。那只能说是姻缘天注定。所以我都不好意思说我成功嫁掉是因为我的把男技巧有多高明。这个过程都是任性加上碰运气，一点都不值得学习。

有一天我看见电视上访问周董妻子，那时还是他的绯闻女友的昆凌小姐，只见她一脸害羞，欲言又止："哎呀……我不知道……不要问我啦……"我顿时明白了她胜出的道理，就是"我不知道"加上"不要问我啦"。

言词表达能力0分，但魅力101分。

女人在恋爱中言词表达能力0分时，魅力就破表了。

我是苦于言词能力一万分，然后魅力负一万分。

但幸好我有点智慧，吃过苦头之后就知道以后要怎样不让自己难过。诀窍就是，如果第一时间听到或看到另一半说出或做出什么白痴事情时，我就启动放空机制，心里默念再三："这样也不会怎样啊，这样也还好啦，他只是说说……"

默念完之后，我说出来的话就不是"你怎么可以这样做"或"你这样说是不对的"。

而是："是这样哦！"

慢慢会进阶到："这样也不错啊！"

最终进阶到："你真的好棒哦，竟然想得到这种idea。"

然后朝着昆凌小姐的境界迈进："你决定就好了啊，我不知道啦！"

但老娘我哪可能放任什么事情都不知道？我默默地知道就好了呀，接着我就想办法把结果导向我想要的。

我在正常情形之下，能做到的撒娇就是如此。但特殊情况发生时，那由衷的撒娇才能淋漓尽致，例如说，当我看到壁虎的时候，用力地一把抓住我的男人，躲到他的背后尖叫发抖，这是不言而喻的撒娇，却更深刻。我可以强烈地感受到，当男人穿上超人服之际，内心是汹涌澎湃地爱我的。

以前发生过一件可怕的事情，那时候我忍不住对一个男人说："我好害怕。"他很快地对我说："不要害怕。"那一刻，我非常清楚地感受到，那个我一直以为不怎么爱我的男人，其实很爱我。原来，有些男人是真的很爱你，只是你太好强，没给过他机会。

女人要谈恋爱，不是只想着做牛做马付出，你还要想办法去得到一点回报，因为得到回报之后，你high了，就会更深刻地去爱这个男人。如果你只想做牛做马，谙其实你就是逃避面对这个男人，当然很难和他爱下去。

女强人其实也不是真的很强，如果你是或你的朋友是，就很清楚女强人好强时多于真强时。女强人就是不熟求助这事情，宁可压力大到患上忧郁症半夜哭到死，也不会对一个人诉说："我弱了，请帮助我。"

最近我正在练习这件事情："其实我真的不是很强，请帮助我。"练习几次，你就会习惯，而且知道很多人愿意无条件爱你，你会感受到更开阔的幸福。

44.感性的女人比较容易吸引男人

你是他在这世界上最虔诚的信徒。

其实女人还是要展现出比较感性的一面，才能吸引理性思维为主轴的男人。如果女人和男人一样理性，那谈恋爱简直就像谈生意一样，银货两讫，没有续篇，谈不下去。而即使谈生意也是要讲究感情与人情，太冰冷的生意也只能谈到合约和官司上去，绝对谈不到最大的诚意相待。

因此，如果女人谈恋爱谈得太理性，那是怎么谈也谈不成的。

我只有在最脆弱的时候会自然而然地撒娇，但坏事的是我太坚强，而且随着年龄增长越来越坚强，脆弱的时刻不多。这也就是女强人们很难撒娇的原因，因为她们什么都能搞定，又实事求是，实在不知道该对男人示弱什么。

现代女人都很强，也找不到什么对男人示弱的时刻，所以现代女人要把恋爱谈好，首先就是要学会假装自己不行。

女人要真的弱到随时随地都对男人示弱撒娇，那也不行，因为时间久了，男人会怕死你，因为男人怕麻烦，他们只想女人示弱撒娇，但不会真爱揽上女人带来的麻烦事。（除了狮子座之类的超级大男人之外。要当狮子座的男人的女人，最好是什么事情都搞不定。）

我认识的朋友当中，A算是很会撒娇的女人，因为她就连对我都会撒娇，所以我完全不用想就知道她对男人所造成的杀伤力有多大！

说真的，以前我很不屑于这种行为，但当我真正了解她之后，我就明白那么多男人拜倒于她的石榴裙下是多么在情在理。

她就是特别贴心，特别懂得尊重别人啊！

例如，讲电话的时候，她会说："不好意思，我打扰到你了吗？"

例如，说到一些明明她自己很任性想说出来的话，她还会追加一句说："不好意思，我这样说会不会造成你的困扰？我真的不是故意的，你要原谅我……"

例如，她会很直接地告诉你：你好棒、好帅、好赞！全世界你是唯一。我身为她的其中之一的朋友都觉得我是唯一了。

然后她不和你谈是非公道，她只和你谈感情。例如，我们这种实事求是的女人，面对许久不见的情人时，只会从工作近况绕到健康状况，可她单刀直入，就说：

"我想你。"

"我需要你。"

"我梦见你了。"

我觉得这是重点，女人撒娇不是耍恶心，而是要会谈感情，要知道人家在表面应对之下，想和你交流什么感情？

人家要五毛感情，你不用给一块理性，你只要给三毛感情就好。频率对了，两个人就谈得下去，不然你付出再多，对那人而言都是鸭子听雷。

人家想爱你，你就给他爱，人家想你，你就说你也想要他，不然戏要怎么唱下去？

不能说人家才想爱你，你就说要他娶你，这样跳得太快，对不上频，会失败的。（除非你像我一样，瞎猫碰上死耗子。）

会撒娇的女人确实爱得比较爽快，因为所有男人会为女人做的事情（就是让男人人财两失还对你像小狗般殷勤的事情），她都会享受到。

也不要以为男人会吃亏，因为男人图的就是这个。如果女人没让身边的男人得到他们想图的这种feel，那即使男人不叛逃，女人也该自己好好反省，这算是不劳而获的感情，要还回去的。

怎么还？你把恋爱导向理性的主轴，你就要一直用现实上的好处来还，你要劳心劳力还付钱，然后还吃力不讨好。

如果你把恋爱导向感性的主轴，那你只要把自己的容貌与身材维持在一般水平之上，辅以嘴巴甜的撒娇，你就可以拥有全世界。然后男人为你倾其所有，还觉得不够，要给更多。

为什么？因为你是他在这世界上最虔诚的信徒。

45.不被男人掏空的女人才会撒娇

你对男人要有独特的价值感，而不是只有青春容貌。

女人会撒娇不是与生俱来的技能，也是有原因的，而那最重大的原因就是，女人自己要过得好。女人自己过得好，觉得无所匮乏，她就会很乐观，很有安全感，最重要的是，她看着每一个男人都觉得很棒，尤其是自己喜欢的这个最棒！她整个感觉都达到了幸福喜乐的状态，当然愿意对男人说一些奉承之言，也乐于男人向她献殷勤，不会疑神疑鬼，怀疑人家别有用心。

女人怎样才算过得好？一个是因为自己加持而好，一个是因为男人加持而好。如果你身边的男人很爱你，那你真的要很会撒娇，这样才能回报男人于万分之一，也能鼓励男人更加爱你。

如果你身边的男人不是那么爱你，那你自己就要为自己加持，要让自己过得好，好到你有那种"老天！我的人生怎么会棒成这个样子"的感觉，能对这个男人撒娇，制造开心与浪漫，去推进他爱你的动力。

但没有自我的女人撒娇无用，如果你只是因为男人帅、男人有钱、男人账面上条件不错而对他撒娇，那不好意思，你的竞争者有千千万万，人家不一定得买你这一家的单。你一定要有点自我，有点自我成就，你要有点自我价值，这样男人才会觉得"你对我的肯定与众不同，是更珍贵的"，所以撒娇之前，你要包装好自己，这个包装，就是自我充实。

想想看，这世界上比林志玲美的女人有多少？但为什么男人都以林志玲为梦中女神？当然是因为她除了美之外，还有自己绝对无法被取代的女神价值。

如果女人被男人掏空到只剩下老化的一张脸和一副走样的身材，没有任何一点思想和智慧，那么女人对男人来说是没有价值的。这样的女人，对男人而言，再会撒娇，其实都比不上酒店里那些更年轻貌美的女人。

所以你对男人来说要有独特的价值感，而不是只有青春容貌。过去，这种价值感，叫作"相夫教子"；而如今，这种价值感，叫作"名牌"。人家有没有觉得得到你这个女人是很有价值的，让别人十分羡慕？

别以为台湾名媛孙芸芸是因其美貌才得到幸福的，其实是她本身的价值在为她自己持续创造幸福。她的丈夫是一位百货公司经营者，她呼应了丈夫的价值，使自己成为最佳代言人。

走传统路线的男人，还是觉得能相夫、教子、持家的女人最有价值；走时尚路线的男人，就觉得在众人之中最出色的女人最有价值；走务实路线的男人，就觉得比庸碌之女人才华更洋溢、能力更受肯定的女人最有价值。

所以你要爱一个男人，得先看自己是不是他的菜。如果他是一个走时尚路线的男人，而你还是相夫教子那一流派，那你对他来说等于没价值。你再怎么撒娇都满足不了他的需求。

以我为例，我算是走才华和能力路线的女人，所以我不需要多会相夫教子，也不需要看起来比别的女人更时尚出色，我只要轻轻地对我的务实男人说："你是唯一能征服我的男人。"这就是天大的撒娇了。

事半功倍就是这个道理。

所以我觉得现代女人撒娇的真谛，是肯不肯让男人沾沾你的光。而在此之前，你必须要有"光"，那个"光"就是你的价值，也就是你爱自己的成果。

46. 你需要有智慧的主动追求爱情

> 有智慧的女人，主动追求爱情，主动经营爱情，因为在这个主动里，有太多梦想的吸引力，而她一直看着梦想前进，而不是以"我太累你也别想太爽"的报复心度日。

前一阵子教育部门发布的"新好女人"定义引起了轩然大波，据说新好女人就是要"以家庭为生活重心，爱慕先生，照顾子女，尽力维持婚姻生活的美满和谐"。

很多女性朋友看到这种解释都抓狂了，觉得在男女平等的时代怎么还会有这么八股的定义？如果女人没有做到这些，难道就不是新好女人了吗？

不是所有女人都喜欢以家庭为生活重心的，就算喜欢，在这个经济压力这么大的社会里，一个家庭如果没有双薪，能熬得住吗？

为什么照顾子女的责任是属于女人的呢？孩子可是两个人共同的血脉啊！

尽力维持婚姻生活难道是女人一个人的责任吗？婚姻是男女双方都要努力维持的。

为什么要要求女人爱慕自己的丈夫，而不是要求男人要疼惜自己的妻子？

不过身为有智慧的女人，我认为主动做一些事情，去经营好自己的婚姻与家庭生活，是很棒的！

你在乎自己是一个新好女人吗？我是一点都不在乎的。我结婚之后开始学习做菜，一堆亲朋好友都夸我贤惠，我并不以为然。贤惠的定义应该是："根据老公的要求做各种事务。"但其实我的老公最爱吃快餐，如果我够贤惠，应该每天让他吃麦当劳才对。

我的人生也没在追求贤惠这种活法，想做菜纯粹是因为从小看着母亲在厨房张罗大菜很神气，自己也喜欢。我一做饭他就吃，感觉他娶到一位肯做饭的女人真是幸福；我懒得煮，他便欣然外食，感觉老婆懒懒度日开心无比，自己也很有成就感。你知道，夫妻之间就是这样，自己要去找开心的点，不必非得对方做了什么才高兴，那样的生活太累了。

他觉得你家务做得不好他不爽，你觉得他不够体贴很不悦，这是为长远的婚姻生活埋下炸弹，每天都有机会炸一下，大家都累。

我虽然不必朝九晚五上班，但也是有工作的女人，而且我的事业心很重，几天没有工作就可能陷入焦虑，但我还是热爱我的生活环境整齐清洁。我热爱，但他不一定也热爱，你知道，多数男人就算睡在猪圈里也觉得无所谓。我不需要他也热爱我的热爱，他下班后在楼上打他的网络游戏，我在楼下洗碗、洗衣服、打扫房间，一点也没有感觉不平，也并不想请他下楼来帮忙。

有智慧的女人，懂得主导自己想要的生活，看得高且看得远，她根本没在计较今天谁煮饭谁擦地，如果她太累，她会想办法撒娇，要求男人帮一下忙。只要是愿意和你维持爱情与婚姻关系，维持你们共同生活的男人，都会乐意帮忙。如果他真的不愿意，那也无须勉强，你没有必要为此而不爽，摔锅子砸碗，让自己也没饭吃。

有智慧的女人，主动追求爱情，主动经营爱情，因为在这个主动里，有太多梦想的吸引力，她一直看着梦想前进，而不是以"我太累你也别想太爽"的报复心度日。

Chapter5

女人对爱情一定要看准，
别被情感蒙蔽理性

我们都在追求最好的爱情，但总是力不从心，

不是因为我们自己不够好，

而是这个社会有太多光怪陆离的爱情现象，妖魔鬼怪倾巢而出。

名为爱情，实为私欲的现象太多，我们要懂得辨识、筛选、放弃，

才能继续追求更好的婚恋生活。

我必须说，爱情是美好的事情，而且是一个正向发展的事情。

如果你的爱情不是这样，

那么，你应该去思考问题出在哪里，

并且想办法解决，或者想办法脱身。

47.男人有担当，才是对你有爱

爱情是，爱欲加上责任感。有爱而没有
欲望，是假的，是朋友。有欲望而没有爱，是
"炮友"。有爱有欲望，但没有收拾的责任
感，是禽兽不如。

爱情的极致=爱+欲+责任

我一直觉得"爱欲"很珍贵，但"负责任"更是不
容易。"爱欲"＋"负责任"，是爱情界的极致。

"爱"是一种想要让你幸福的心情；"欲念"是忍
不住想要摸摸你、碰碰你；而"负责任"是一道维持以
上关系的最后防线，不让你受到任何伤害。

如果我已经不想尽力让你幸福，没有了爱，但可能
身旁就还是你一个人，因为情欲吸引，还是想碰触你。

如果我已经不想尽力让你幸福，也不想碰你，但是既然没有分手或离婚的那一天，我至少要尽全力避免让你受伤害。

我说，感情如水，潮来潮往，有时争吵不休，铁了心诅咒对方不要他好过（就像情侣吵架一样，不可能被他气到还死命希望他幸福，都希望他比你痛苦才开心）。但不让他好过之余，那人的身体气味还那么熟悉，你就是没办法不去碰触他。没有比较高层次的爱情，有点肉欲满足还是不错的，没必要舍弃。这是情侣或是任何形式的伴侣的最低标准。

而传统婚姻有很多都是没了感情也没有欲念的怨偶，但还是有责任感。那个责任感就好像珍惜自己曾经很喜欢、付出很多代价才得到的物品一样，你没办法去毁坏它，因为毁坏它，就好像毁坏自己生命的一部分。

所以我说，真心爱自己的人，即使往后和某人分开，无论是夫妻、情人还是一夜情、炮友，也会爱惜自己爱过、碰触过的人，尽力不去伤害对方。

如果遇到不爱、无偿、一夜情又为一己私欲舍弃你的男人，那你真的不要对他客气。我这是说给小三听的。

没爱=他终究要回到"社会认可的伴侣身边"。

无偿＝你没收他钱也没收他房车，就是太喜欢他所以和他在一起。

一夜情＝都是为了一夜情才约会。

为一己私欲舍你＝被抓包了都说他是一时糊涂，你是自己贴上去的，他无法抗拒，你坏坏……

纯粹的情欲是，金钱交换，或是拿感情欺骗，不然谁有那闲工夫无聊和你在一起？

总不可能在街上随便抓一个看着顺眼的人说，我们一起吧，然后对方就很帅气地跟你去了？除非你是金城武或是林志玲。（真是对不起这两位神级人物了。）

为什么人家愿意跟你在一起？不就是对你有那么一点感情或喜欢？但是你今天得了便宜，又回头去给那女生一枪，说你未来的爱情还是给女朋友，话说得好听，但谁都心知肚明，那女生，在你心里，连劈腿的对象都不如。

劈腿劈的不是只有腿，还有心，有腿有心，才叫劈腿。

劈腿的人起码要给第三方（不是第三者，因为第三者还是有情感的地位在，才能在两人世界里插一脚）一点好处，不是金钱就是情感，没有情感也没有金钱，至少要保护对方。什么叫作保护对方？就是事情已经爆开至此程度，你就要表明态度：抱歉"欺骗"了人家的感情。

这是男人该有的担当。男人得了便宜不要卖乖，你就是对不起，就是都占到便宜，两个都是你喜欢的。

如果男人连这种自觉都没有，要给人家当男人？！还爬上人家的床？！

你说一人出一半，男女平等，但请你去问问身边的男人，谁真把这事情当成平等了？你在保护自己的感情之余，是不是也要保护和你上床的那个女人，给她一个台阶下？给她一个安慰自己、安抚男友的理由？

让她可以去对男友说："我被他骗了，其实我仍是爱你的。"

如果她这一段经营不下去了，也能让她去对以后的男人说："我被他骗了，我其实随便。"

你说你未来的爱情还是给女朋友，我觉得很恶心。你哪里有爱？你是自私，女朋友给你吃干抹净还大气不敢出，你的未来是一定要赖上她的啊！（请注意是"赖"而不是"爱"。）这种女人太难得了，你就那副德性，你的未来不给她还能给谁？

48. 如果你不小心介入了别人的爱情

为什么外遇是瑕疵品？因为无论爱、情欲还是责任感，都是一半甚至只有正常爱情的三分之一。

外遇算是瑕疵品，但是只是掉漆，还是功能全烂掉，这两种情况是有差别的。为什么外遇是瑕疵品？因为无论爱、情欲还是责任感，都是一半甚至只有正常爱情的三分之一。

外遇的等级，第一种是"相爱恨晚"的那一种，你和某人在一起了，或结婚了，然后因为种种现实因素，你没办法和后来的真爱专注地在一起，只好用偷吃的方式。此时被外遇的人要注意，无论对方声称有多爱你，你都是被偷吃的，不能拿到桌面上吃。

如此做人无法坦荡，感情无法圆满，这是文学经典专注的人性与情欲议题，虽然在艺术领域中还有一点价值，但现实中仍是悲哀的。请记得，你的人生很现实，你想要和某人睡在一起的时候，他就是能睡在别人身边，而你实际上是承认了第三者这个身份，就要认这委屈。

外遇的第二等级，叫作欺骗感情。他对你的欲望太深但没有相对的照顾和保护，且发现只有感情能启发你相对的欲望，所以他就用感情骗你。他说的感情也是真的，喜欢你也是真的，但"不会持久"，对于这一点他却缄口不言。

外遇的第三等级，叫作金钱交易。他不奢求你的感情，只求活塞运动，然后当自己是一个男人，觉得做一次活塞运动至少要付钱。女人不要小看男人付钱这件事情，也不要觉得男女不平等太羞辱，其实金钱才是男人的生命，男人肯用金钱交换的东西，是他们重视的东西。至少当下是非常重视的才肯付钱。

其实人都如此，就像我很重视食品安全的问题，我就愿意付出多一点钱去买那种第一道萃取的橄榄油。

肯付钱的男人当女人cheap，可不肯付钱的男人当女人更cheap，不然为什么要有赡养费这种东西的存在？我都说万一有那一天到来，我都不要男人的赡养费，因为他在婚姻中的付出，已经千金难买。

一般第三者不会被看成千金难买，但至少要千金可买，如果连付出千金都不想买，可见其价值。

外遇的第四等级，叫作吃干抹净，不付钱也不付出感情，但爽到很多次。男人穷并不可耻，但享受了不肯付出对等的回馈，才可耻。占便宜的，拿10元硬币想吃人家陶板屋料理的人，最让人不屑。

我说人穷并不可耻，可耻的是志穷，老是要拿免费的，拿了免费的还说难吃，伤害肠胃。外遇的第五等级就是这种。得了便宜还说人家不如女友好，无赖至极。

我比较有气魄，如果我是男人，有谁让我吃干抹净、不付感情又不付钱，至少我会保护她，承认欺骗人家的感情，承认自己是很贱的加害者，以维持对方的声誉。

所以我说吃干抹净还要诋毁人家、伤害人家情感的，是第五等级，不要做人了。

　　第三方女生此时也要有所表态，清纯一点可以说自己被灌了甜言蜜语迷汤，不清纯点就可以说：原以为很大，实际上很小很失望，还是男友好，大力赞赏男友。

49.如何远离恐怖情人

通常恐怖情人，都是没有自信的人。

所谓"人生胜利组"的台大硕士毕业生狠砍女友致死的案件震惊社会，我觉得震惊之余，认为女人也该开始思考，除了学着"如何让男人爱上你"之外，也应学着"如何让恐怖情人远离你"。

面对感情能放能收，如此爱情学分才算修得完整。

如何远离恐怖情人

首先呢，远离那些假货，就是什么诡异的某学历毕业加上某亮眼的职称。年轻女孩不要被骗了，职称不等同于收入，收入也不等同于资产。他们做假账久了，自己和别人都被洗脑透彻了，把自己当皇帝，但实际上实力只等同于奴才。

真要拜金，拜那些有富爸爸的人比较实在。

想要有骨气一点，就不要买那些学历和职称的单。

真的误上贼船，想分手，就得委曲求全。首先呢？让自己成为一个带不出门的女朋友。你养胖，你养丑，你吃饭时挖鼻孔、饭后抠牙缝，恶心一把，让男友没面子到底。放心好了，女人的胖丑都是一时的，现时的医学整容团队都可以帮你拯救自己。你丑给他的朋友看，男人立马逃之夭夭。

你干吗对那种男人可人？可人是要给真爱的

急迫时就是哭，哭到断肠，哭说你爱他爱得要死，配合一下他的幻想，如果还有力气，就说一下他对你有多好，你们是一万年的情分，但你没有安全感啊。你配合他心中的小剧场演戏，他想演下去，就不至于抓狂。万一他哭求复合，就暂且敷衍他，再演出破涕为笑的剧情。

万一不幸复合，你首先要停止花他的钱，必要时还要花点钱回补一下，让他心中不要脸的小算盘能平衡。接着就是三天两头吃醋，怀疑他外面有女人，行情超好，把自己塑造成随时可以被抛弃的小女人，算是给他台阶下。其实恐怖情人到最后对情人已经没什么感情，就是少了"我没有不及格"的台阶，如果你肯对他吃醋，就是给他"我好赞"的台阶，也算是鼓励他抛弃比较差的你，去追求比你美嫩的正妹。

通常恐怖情人本事不会太大，所以你可以搬家躲电话出国（但是在这些事情发生之前，千万不要有一<u>丝丝</u>要和他分手的表现，你就演你得了癌症伤心欲绝，万一被抓到了也这么演下去），重要的是，评估一下他的资产能力所及，像那种付出40万元积蓄就想死的王八蛋，你飞去欧盟、美国环游世界180天，他也没能力找到你。

所以说女人在看清爱情之前，不能不看清男人的资产这个问题，那才是进可攻、退可守的基础。

分手的态度也很重要

我小时候有点畏惧恋爱，这心态其实和我的老友J一样，怕万一不满意对方想把人家休了不太好意思，不知道该如何开口，所以不轻易和谁在一起，就连和谁走得近也诚惶诚恐，深怕多占了人家一点便宜，以后还不完愧疚到死。基于这种可怕的"业力"，导致我人生上半场青春无敌的爱恋，都是在被甩的悲伤中度过。

至于对我有点意思的人很好处理，毕竟我并不拥有什么令人疯狂的美貌，只要冷处理两次，大概都可以成功避开。往后夜深人静再孤单寂寞，也绝不手贱去按他

226

们的电话号码。

　　我比较正式处理的一次，是来自于目东盟十国之一的男生。交往没多久，但不知道他在狂热什么，我也没好好处理，就是叫他别再来找我。他觉得我只是在生气，所以每隔一段时间都会打个电话来，看我气消了没有。而我都冷冷地回应他。他最后一次打来是多年前，问我是不是不想再听见他的声音了？我说是啊，然后他就悠悠地挂断了。他最好以后不要因为东盟十国崛起而变成大富豪，否则我会扼腕叹息。(当然是开玩笑的啦，这怎么可以说呢？)

　　不想要的男生，通常老娘是宁愿半夜寂寞得咬棉被，也绝不手贱去按他电话号码的。女人少贪一点便宜，就可以多一点聊以度日的太平。

50. 为什么"人生胜利组"的男生会承受不起分手

*经得起付出又经得起失去的男人，才是
真男人。*

　　有一阵子大家都在问：为什么"人生胜利组"的男生，会承受不起分手？

　　因为他不是真正的"人生胜利组"，你看以前连公子会因为和侯主播分手而抓狂吗？没有，人家还去娶了一个更年轻貌美的真千金。

　　全面性胜利的人，才不会在意一块钱掉到水沟里去了。情伤或许会有，但睡个觉醒来，女人前仆后继而来，他就忘了你是谁，正常男人都是如此，只有一次性的。(我不要说罗密欧或梁山伯那种人，请记得，你遇见的人99.99%都是泛泛之辈加上庸庸碌碌之徒，不值史书经典一提。）

我看到新闻说什么"交往9个月，女友花光他40万元台币积蓄不甘心"，我都快笑死了。40万元能干吗？买一个好一点的柏金包都不够。你又不是什么富二代，还得到一个女人的真感情（如果你的付出是有对价奢望的话），真要躲在厕所里偷笑到死了好吗，更何况是这么好的女人。

说他是人生胜利组，真是媒体恭维了他。

这很像我最近看到的网络笑话，25K的男人觉得22K的女人是靠他才达到了现在的生活水平。

让我来教导大家一下正确的"人生胜利组"这个观念。基本上，求学之前的所有一切成就，包括你小学是好宝宝、中学是资优生、高中第一志愿考试第一名、念台大得书卷奖……这一切都烂透了。如果你长得还人模人样这也不算什么，但如果你有一个富爸爸，那搭配上以上这一切才能称得上"人生胜利组"。如果你没办法搭配这一切，当个乖一点的李宗瑞，也叫"人生胜利组"。我最近认识一位台大硕士毕业，人又帅的专业人士朋友，他眼中的"人生胜利组"是和他同等学历毕业，但靠着卖中古车每个月收入百万元的同学。

真正的人生胜利组叫作有钱，其他的都是装饰品、假货。被看成是人生胜利组的假货，也都常常觉得别人错怪他们了。

所以说承受不起分手的根本不是人生胜利组，都是假货，你多花他一毛钱，他就哭死给你看。那种样子有点像有处女情节的女人，你稍有二心，她就死给你看。所以说人生胜利组假货男人的金钱，和有处女情节女人的处女膜，是等价的。

51. 爱情追求的是彼此幸福快乐，不必然要生死相许

真正对你生死相许的爱情，不是一起死，或是你死他不死，而是他死你不死。不过最好的爱情，就是大家都别死，都要一起幸福地活下去。

以前我们姊妹都在哭天抢地哀号男人不够爱我们，不是每天到处拈花惹草，就是放假宁愿去找朋友也绝不陪我们看电影，分手时都说"不适合"来打发我们，总之我们之于他们，就是可有可无的名存实亡或名亡实存的女朋友，与"真爱"相去甚远。

现在想想，这种花心小王八蛋还是比恐怖情人强多了。至少和这种情人交往期间，虽然她满口鬼话连篇的

谎言，但他绝对不好意思偷吃又对你大呼小叫，更不要说动粗了。

至于满口鬼话连篇谎言又要动粗的，那是鬼，人鬼殊途，遇上那种男人，可得去宗教场域虔诚默祷祈福才行。

总而言之呢，花心小王八蛋还是挺可爱的，他唯一的问题就是此生大脑绝对控制不了小脑，或者是，你刚好出现在他大脑控制不了小脑的那一段人生当中。

但恐怖情人是，他没有身而为人的自主性。

我第一次发现有恐怖情人这事情，是一位朋友决心与男友分手，并当机立断搬离两人爱巢之后。有一天男朋友到了她的新公司楼下等她，约她出来谈判。你知道还是爱情余韵未绝的老情人，女人又浪漫，自然不设防。殊不知，过去还算小猫般温驯听话的男人被"分手"这件事情激怒了，心一横要驾车与她同归于尽，幸好她当下机警，猛哭，一把鼻涕一把眼泪地说她分手好痛苦，把男人哭到心软，让她打了电话给爸爸，接着由爸爸以大致上能将心比心的心情对男友晓以大义，才使她免于劫难顺利分手。

我那时还没谈过什么恋爱，所以很白痴地以为那种感情叫"生死相许"。我当时喜欢的人根本对我爱理不理，所以某种程度上我还颇羡慕她。

最近一个女生说，她和前男友分手之后，对方依然纠缠不清，而且始终"坚信"女生是因为爱上别的男人才狠心与她分手的。她问我，这是什么状况？

我满口吐司地回答说："男人这样说是正常的，因为他们不能忍受自己在这段感情里的表现，被女友打了不及格的分数。"

女生一说分手，男生立刻觉得自己被否定，就好像以前学生时代被打了60分甚至50分。这个分数涵盖爱意、温柔、体贴、责任感、性能力、金钱、权势等的总和。所以男人听到分手都很崩溃，对自己说："不！不！我绝对有100分，一定是女朋友被别的50分的男人拐走了，才会跟我分手。"

此时，比较正常又放得下的男生会想："哼！你就去吧去吧，我就看你怎么被那个野男人欺负，最后发现和我分手是错误的。"

那比较自卑极端的男生就会受不了，会想修理这个给他打不及格分数的女人，甚至希望她消失。这样男生才会自我感觉良好地活下去。

男人本质并不比女人强大，但在这个两性始终不平等的社会里（其实我觉得对男人也不公平），男人就是被寄予比女人更高的期望，但实际上他们并不那么强大啊，所以只好靠着"自我感觉良好"活下去。当然有些男人真的很强大，你看那些在社会上运筹帷幄的什么董事长之类的成功人士，才不会因为被一个女人甩而恐慌，而怀疑自己。

我要说的是恐怖情人，那种追求与你生死相许的情人，其实与爱无关，那只是为了抚慰他们心中自卑不安的占有欲而产生的一种行为。真正对你生死相许的爱情，不是一起死，或是你死他不死，而是他死你不死。不过最好的爱情，就是大家都别死，都要一起幸福地活下去。

我说，十年修得同船渡，百年修得共枕眠，那三千年若不是凤毛麟角地修成仙佛，便是修成了顽石。

52.遇到感情问题该如何寻求协助

　　如果你遇到感情问题，对家人说，能得
到的支持和帮助最大，而且你最不容易后悔。

　　许多女人遇到感情问题，都不知道求助于谁，如果
是那种比较孤僻、没有什么朋友的人，在当下更是痛苦
莫名。为此，有些女人就会病急乱投医，随便信了什么
人鬼神的，最后导致更痛苦的结果。

　　我一直认为姐妹淘不是爱情专家，有时候反而是爱
情灾难的制造者之一，不过我也很认同"姐妹淘是女人
生活的防护网"这句话，如果遇到感情问题，对姐妹淘
说还是比较有益无害的，最多不过是你的事情在朋友圈
传开而已。

　　对家人说也很棒。很多女生遇到感情问题不敢对家

人说，怕被骂，怕父母亲太啰唆，根本不可能理解你心中的百转千回。不过，对家人说，能得到的支持和帮助最大，你就更不容易后悔。

如果你在爱情里受伤了

　　如果你在爱情里受伤了，不要将其看成是世界末日。你所失去的，是过去的你自己和过去的感情，而任何一个今天，都是可以从头开始的。

　　如果你是爱自己的女孩，不要只懂得付出，更要懂得求助。现在网络这么发达，你发E-mail或写信给任何社会福利团体、任何名人或作家、算命师，或是任何朋友，总会找得到向你伸出援手的人。

　　你要为生命做最后的挣扎，用尽一切力量去挣扎，抛下颜面矜持和利害得失去挣扎，为自己去努力，这也是对这个珍贵生命的交代。

　　不要不吭声，自己吞着眼泪，每天躲在黑暗的房间里撞墙。这个时代的资源太丰富了，你就是上网玩网络游戏和陌生人聊天，都好。

　　就暂且放下肩膀上那些责任重大的担子，无论是形而上的道德还是形而下的现实。当你受伤了，痛苦了，你有权让自己任性一段时间。

直到你忘记"放弃生命"这个念头。

你还要有一点点好奇心，试着活下去，看看自己以后到底会变成什么样。没有他会死？短时间会，但长期来说可不一定。只要你活着，就有机会遇见比他令你更想生死相许的人。

然后去关注那些更需要帮助的人。如果你觉得人生很苦，没有半点值得活下去的理由，那太好了，你可以试着为需要你的人而活，看见另一种风景。

不再相爱，只是爱情生命的结束，是自然的生息

已经不爱你的男人，是不值得你为他而死的。因为不爱就是不相干。所以你的死亡和他难以联结。他或许会难过一阵子，但人性就是这样，他对你没有感情，很快会找到理由忘怀。

不再相爱也不是报复的好理由。当谁与你不再相爱，只是提醒你，会有更适合你的人来爱你。

被欺骗利用的一切，是回不来了，你只有就此画上句号，从此为自己而活。至于那过去的损失，就当成是经验或是教训，它应该成为你日后追求幸福人生的养分。不再相爱是爱情生命的结束，怪罪于谁都是无意义的。不要为一次的加倍奉还，还奉上自己接下来本来精彩的人生，算下来，是赔得更多。

只有放手，才不会继续赔下去。爱自己的女人，赔得起时间、金钱，但绝对不赔上对未来的希望。

遇到感情问题，你还可以按照如下方法做：

第一，男朋友不是解决孤单的依靠，好朋友才是，家人才是。普通的男朋友你要能说分就分，痛苦一下不会死。

第二，能依靠的男朋友（只差结婚仪式的那种），才可以依靠。所以能结婚的男朋友，才是能依靠的男朋友。（什么是能结婚的男朋友？你要读我的书，最基本的就是，你一周至少可以和他约会四次以上，不彼此分享一下最近的生活会很难过的那种。）

第三，不要放大自己的孤单。孤单可大可小，不要被孤单吓坏了。一个人可以做的事情更多、更精彩。我现在依然很怀念单身生活。不是婚后不够好、不够自由，而是与单身时的自由和限制，是完全不同的。就好像人总回忆儿时无忧无虑的生活一样。

第四，对于生命有疑惑，首先要找政府单位，然后找生命线之类的单位。(现在的政府虽然有时很官僚，但一定能保守地帮助一个人，不会唯利是图。)其次，找有公信力的人或基金会询问。台面上的人重视信誉，不会为了小利而砸自己的招牌。所以不要道听途说听人家介绍。

第五，找对人解决问题很重要。

第六，爱可大可小，爱可有可无。爱，你可以接受并且放大，也可以一无所有自己创造。你心中有爱，就是有建立起爱的世界的种子。

第七，交往中的男人向你要钱就先闪，这是最基本的原则。爱你的男人不太能忍受不能在经济上照顾你，更不要说被你照顾了。

第八，不动产要保住，要隐藏。女人要有私房钱的观念，再爱一个男人都要这样做。你有筹码，你就自由大器能爱他，所以保有自己的私房钱，也是经营这份爱情的方式。

第九，除非你的父母对你很烂，不然要常常念着他们的好，他们给你的一切不要随便给别人，男友或老公都是。

第十，你宁可付很多钱去找一个知名课程或知名专家，也不要听信免费或打折的"认识的人"。基本上能公开来说的，最坏是没效果，但不会有后续的麻烦。

53. 从婚姻里毕业，许自己第二人生

如果男人已经到了完全看不起女人的状态，那就可以离开了。

某天走在街上，突然有人叫我（我很少遇到熟人），问我知不知道她是谁。我一时想不起来，仔细看了她几秒钟，她也提示我在什么餐厅见过面，我这脑细胞快要死光光的脑袋才终于想起："啊！你是我认识的某某某的……"

我卡住了，因为近日辗转得知她离婚的消息，而她当时身边又有位高大男伴，所以我必须想好一个适当的说辞才好。

于是我的"的"后面，接了"家人"两个字。

"他的前妻啦！"她很潇洒地脱口而出。在我的印

象中，她也是这么爽快的女人。我记得以前在社交场合见过她几次，和她干杯过，聊天聊得颇愉快。

她穿着灰白相间的毛呢大外套，看起来非常温暖，戴着一副黑色墨镜，很有大姐头的感觉。至于她身边的那位护花使者，看起来年纪不大，很有气质也很有礼貌。她的笑容很灿烂、很自在，脱胎换骨的样子，使我无法将她与以前那个小媳妇的形象联系起来。

她的前夫我也是认识的，就是没说上几句话的那种认识。我至今记得唯一一次对得上话的内容，是我赞美他的妻子人真好，真贴心温柔，因为她每一次都放任他喝到醉、醉到吐，负责开车将他与孩子接回家。他不准她喝酒，她就不喝。他叫她去看孩子，她就停下筷子。面对老公人前人后的大呼小叫和羞辱，她只是幽幽一笑，尴尬服从。同样身为女人，我看得出来，她非常爱这个男人，而且觉得自己能够包容他，觉得他很可怜很需要呵护。我以前也觉得男人需要呵护，但后来想想不对，这根本是个男人为主的社会，男人所拥有的资源比女人多得多，还要呵护什么？女人真要呵护，就是呵护男人对自己的爱，你敬我一尺，我还你一丈。男人本身倒是不需要太呵护的，要呵护，请他回去找他娘比较实在。

他的老婆姿色不错，化点妆就是一个美丽的女人了，但我见到她时她都是素颜，当然你也知道，女人到了一定的年纪，没有妆就稍微弱了点，特别是像她这样心力交瘁的职场女性。大概也是他要求的，因为他对外都说："我老婆在外面勾引男人。"我心里想说，如果你真这么想，那就是了，因为你真是个很难令女人满足的男人，要检讨。

结果那次这个男人跟我说什么呢？"唉，根本不是你想的那样，她完全比不上你。她又不煮饭又不洗衣服，孩子都要我帮忙带，还常常跟我争辩，根本就是很差劲的老婆！我根本就是为了负责任才娶她的。"

我煮饭是兴趣，洗衣服是洗衣机在洗，没小孩要带，老公都让我我没得辩，这是要怎么比？

他觉得他自己赚钱赚得很辛苦，可是老婆很懒惰，连孩子都照顾不好，家里也打扫不好。可我在内心为他老婆不值：她一天工时比你还要长，而且你家的房贷是她缴的啊！

他常常对同事和老板抱怨，他苦命娶到这么差的老婆，他哭给一把年纪还色性不改的老板看（就是我常说的"病态的死老男人"），赢得老板的"同情心"，好为他加点薪水。"可怜哪，男人！"他们常常这样到酒家喝酒"把妹"彼此取暖。

如果不是娶到的女人这么"差劲"，他们也不会

"可怜"到去酒家寻欢啦！

　　他的种种言论，只要关乎老婆的，都是羞辱。他说给老板同事听，也说给工作上认识的"嫩妹"听，要让大家都觉得他好可怜，但可幸的是，他的同事都是爱家疼老婆的好男人，所以没有一个听得下去，反而时常规劝他，对老婆好一点。

　　这使我想到一位好友，大概也是处于这样的感情状态中，十年，男人吃喝她的，不时常陪伴她，不时出轨，还一天到晚数落她不懂他，是个没有魅力的女人。我"劝离不劝和"多年无效之后，最后也只能劝她有钱就自己花，能不加班就不加班，让自己过得好一点。我后来也不再说她男人的坏话，因为她自己心知肚明的苦，已经够她苦了。但我期待有一天奇迹出现，就是她可能被雷打到，然后决定："老娘就算孤独到死，也不愿和你有任何关系了！"然后我会特地远道而去，请她吃一顿鼎王，顺便送她一个Channel包，给她纪念女性觉醒的重要时刻。

　　奇迹还没有出现在我好友身上，倒是出现在这个我见过几次面，看着她被老公当面或私底下羞辱不断的女人身上。

　　推算是前两个月，两人离婚了，孩子归母亲，男人搬家走人。我心里大喊Bingo！这才是公平正义！

我猜想是女人提出离婚的（就看女人要忍他到几时），而男人也毫无能耐抵抗这个"建议"，因为在我看来，这男人就是很弱，只会抱怨哭泣博同情，所以面对妻离子散，也哭天天不应。

会叫的狗都不会咬人。

我再度见到她，内心是激赏且祝福的。她终于走出了那个把她看成比女佣还不如的婚姻，而且身旁还有一位，从态度上看来，是等她点头的护花使者，五官是不如她的前夫俊朗，但较为高大，而且稳重得体。

我忍不住对我老公说，如果她还不离婚，我都觉得她有病了。男人是这样，活着的是男人，躺着的是男人，不会赚钱、性能力不佳又花心成性的，若还能当苦力用的，也还是个男人，好歹是个配偶栏上堪用的男人，有个获利的支点，就可以支持婚姻，但如果男人已经到了完全看不起女人的状态，那就可以离开了。

以前我老妈都说，花心和暴力的男人不能留，我现在觉得花心还勉强，暴力该被判死刑，而看不起女人的另一半，更要除之。女人留在这种男人的身边，只会变成枯萎的花朵，无力的生命体，甚至还有点吸毒一样的恍惚，不知道自己活着是为了什么。难道从小被父母呵护到大，就为了维持这种没有尊严的婚姻吗？

将心比心，男人要遇上了使用暴力或看不起自己的女人，也该放弃。社会给你中坚分子的尊敬和资源，可不是为了让你当谁的奴隶。表面当一下充场面就好，不要真投入当女人的用人。

在爱情和婚姻的世界里，彼此尊重是支点，彼此相爱是加分项，没有彼此尊重，相爱都是空谈。

最近有很多女人都写信告诉我，她们害怕变成"败犬女王"，所以积极寻觅对象；她们害怕年纪大了，更难找到对象。我一向的观念是，一个人也可以过得很好，在物质和经济情感调适上，都可以通过学习与爱，去成长，令自己的人生感到舒适。我们之所以还追求感情对象，不是因为怕一个人孤独到老，而是因为要学习爱情这门课，就如同我们学习理财和事业课程一样，不断地求知与实证，去让自己透彻地领悟爱情的欣喜与悲伤。要缺了这一角，人生是有缺憾，但无碍于生存愉快。

当你学习好爱情这门课程，无论你的年龄、条件如何，你都能持续地获得爱神的眷顾。因为每一颗需要爱的心，都需要懂得爱它的人，而不是一个年纪更小的鲜嫩肉体。当然有些男人没有学习到爱情这门课程，所以他通过条件筛选，呼应现实需要而择偶，但这样的男人，也绝非女人梦想中的感情对象。

女人不能为结婚而结婚，一定要为追求"更舒适的身心生活"而结婚。如果结婚之后身心俱疲，又无法获得另一半的支持与尊重，就要想想，自己的梦想，自己期待的人生，还能不能通过这个婚姻达成？如果答案是否定的，请放手，放手之后，才有更美的天空。

PS：洁心的碎碎念

近日又看见有女人自杀顺便杀孩子的新闻，心里真的很痛。我虽然没有孩子，但我对孩子是有想法的，我觉得，那是上天的礼物，而非自己的资产。生命不是人给的，是上帝给的，所以每一个人都无权夺走任何生命，包括自己的。

我的婆婆很爱孩子，她第一时间就生气地说：要死就自己去死，干吗杀孩子？男人让自己不顺心，就给点颜色瞧瞧，也不必搞到寻死。

我自己经历七年婚姻，虽然老公真的很好，但也没有好到从不吵架的"相敬如宾"，有时气得要死，脑充血说出难听的话（但绝不说死亡和离婚），可最后还是为了下台阶，而努力去理解对方。我老公也常常被我气得半死，都说我这种个性，他也不用担心我去找小白脸，因为没有男人可以受得了。

反正熬过一个关卡，两个人就更理解彼此一点，同理心强一点。女人真受不了，就离婚，不用死给男人看。不要以为你死了男人就会觉得内疚自责与不安（那你就太不懂男人了，要重修爱情学分），请记住我睿智的外婆所说的话："你死了男人只会更开心，因为他可以找更新鲜的女人。"

也不要以为带走男人的孩子，会让男人痛苦。实际上男人很洒脱，他们到五六十岁都还能"播种"，你说他会珍惜一个他不爱的女人的孩子吗？

一个非常具有玻璃心的温柔好男人就说过，他不会爱一个他不爱的女人的孩子。

一个非常具有责任感的男人就说过，如果女人说要为他寻死，他最多帮她叫救护车。

女人，看开一点吧，伤害自己或孩子以求男人愧疚或心软的观念，从来不切实际，那是你对男人的误解。

54.爱情不可缺，但并不是人生的全部

轻生不是爱一个人最高的指标，轻生只
是代表自己在爱的路上不堪承受压力而放弃的
事实，那与爱情的生死相许并不相关。

新闻报道，一位年轻的女孩子，跳到碧潭自杀了，
为了感情的事。我看着心里很难过。（如果你遇到感情
的事想不开，请来找我抱抱，别急着离开这世界，好
吗？）

我想起我最亲爱的外婆毕生都念着碧潭这个地方，
因为这是她唯一的儿子意外落水身亡的地方，这使她往
后五十年的岁月都痛苦着，再三叮咛我不可靠近水，绝
对不要去碧潭，因此每当我去碧潭游玩，都感到心虚，
而且坚持离潭水远一点。

花样年华，要更懂得爱自己

我懂人们在二十岁的花样年华，对于爱情有多么高目标的期待。以前有人说，那是女孩子读多了罗曼蒂克小说和看多了偶像剧，爱情观有偏差，才会有那么不符合现实的期待，而我如今思索再三，觉得二十岁对爱情有虚幻的期待，是再合理不过了。有哪个女生能够轻易交出自己的真心呢？当我们对现实有了点认识、有更多的惶恐之后，我们当然期待，命中注定的独一无二，是能超越这些现实的惶恐和虚弱的。越是珍视自己，越是爱自己的女孩子，越有高目标期待。

希望从此一生一世，白头到老，有所依靠。

无奈的是，同年纪的男孩才正在探索这个花花世界，他们说不要安定，不要负担。他们如展翅的飞鸟，并不打算负载着爱情而飞行。

至于对于那些老男人，二十岁的女孩子就像是一块蜜糖，甜在嘴里，却进不了心里。

当然会有例外，只是脆弱的青春，总禁不起一次非例外的伤害。

所以女孩们，要更懂得爱自己，那飞蛾扑火的心情，就放在心里，别真去扑火，因为你不一定能活着回来。

爱情不需生死相许，该活着的爱情都会继续活下去

爱恨纠缠不清的，你要守着生命，等着时间给你答案，那是爱，还是恨？你要知道答案，不要去问男人，因为男人自己也不清楚，你要等时间来说明。你就活着，走着，开创自己的人生路，使自己得到幸福。若那是恨，它终究会被沉埋在时间的烟尘里，不再触动你的心伤；若那是爱，它会继续活下去，他日再见，你们之间只有苦甜的遗憾，再也没有不甘心。

不要视此时不再相爱为爱情的绝望。此一时彼一时，人是时时刻刻在改变的，爱情也是如此，瞬息万变。你只要不停留、不结束，这个生命就会演变出一个你料想不到的结果。

爱情，是一种天时、地利、人和，缺一都会爱不成，所以没有任何爱情是永恒或绝望的，因为爱情是活的，只要两人活着，那爱情就会继续活着，活在你们的心中，或是他日有缘重头来过，会有相守的可能。

也许，这是一个你必须好好地活着才能找到的答案。你心中有疑惑，就要活着，去让生命有机会对你说明。

真爱，有迹可循

轻生不是爱一个人最高的指标，轻生只是代表自己在爱的路上不堪承受压力而放弃的事实，那与爱情的生死相许并不相关。

最好的爱情是活着，好好地活着。若他嫌你不够好，你要让他看着你变得更好，让他锥心后悔；若他说不再爱你，你也要活着证实自己值得继续被爱；若他爱你，只是因为什么理由分开，那么你也要活着，活着见证这段爱情的生命，将会走到哪里。

小时候外婆曾经告诉我，有一天她会比我早死，当时幼稚的我第一时间反应说，那我也不要活。她严肃地对我说不可以这样，我得活，好好地活，活出被她深爱过的证据。如今我的外婆已经离开我三年多了，每当我不开心、沮丧时，我就想起她，要打起精神活得好，天上的她才会快乐。这就是我爱她的证据，没有因她的离世而消失。

而她曾经对我的爱，在她离开世间之后，依然深深地影响着我的安身立命之道。

如果你真切地爱着一个人，就要活着，去看看你是否真心爱他。你若真心爱他，你就会借活着的机会，把他喜欢你的特质发扬光大，把他不喜欢你的特质变小。爱情不是想象，在你的生命里、你的作为里，都有迹可循。

55.是逢场作戏的外遇事件，还是真爱

> 我从小浸淫于公主童话、少女漫画与罗
> 曼蒂克小说之中（这也是女性在爱情里的成长
> 三部曲），对爱情的向往与渴望是非常强烈
> 的。直到我初恋了……

那时我二十三岁，才开始一步一步进入到"成长就是幻灭"这种无奈纠结的无底深渊之中。然而，经过了初恋震撼教育的洗礼之后，我对爱情还有憧憬吗？

其实还有，因为我后来将那个憧憬寄托到一些对我言听计从的男人身上，以为他们会对我更温柔体贴。

但我很快就在东窗事发之前领悟到，那是不可能的。因为，男人哈你哈得要死是一回事，但能否对你持久温柔体贴，又是另一回事。简而言之，当男人哈你哈

得要死的时候，要为你做什么都不是问题，所以根据男人肯不肯为你上刀山下油锅，作为判断是否是真爱的标准，是不可靠的。

我说的是那种，你不用化妆、不用心机、不用假以辞色或虚以委蛇，或与他同甘共苦共患难，或照顾他家人比照顾自己家人还要殷勤之类的努力，你就可以得到的温柔体贴。

但那时我的好友M曾经告诫我，爱情，是不可试探的，所以我不能用自己的白目（就是打死不化妆、不假以辞色、不情愿共苦……）去测试一个男人到底对我是不是真爱，因为，那个结果，只会让我自己很难堪。

但我的白目不是针对爱情，其实我是天生的白目。也就是说，要我不白目都很难。因为我不能"做自己以外的事情"。

这是有原因的。

因为我妈就是一个很直白的女人，而我爸则是一个很易怒的男人，所以他们这大半辈子都在吵架，因为我妈从不会因为怕我爸易怒，而不敢说真话。她每一次说真话，每一次把她的"壮腿"搭在饭桌上，都是真的，而我爸的怒也是真的。"哪有女人像你这样？"

当时就连小学还没毕业的我，都"感应"得出来宿醉起床后的我爸当下最不想被念喝酒，可我娘都会以

"惹怒他"最好的效率爆出来，好像她根本要找他碴儿一样精准，所以不断地引起家庭大战，吵完之后我妈又一脸她很正义，而我爸很邪恶的样子。坦白说她这种行为，一度让我非常迷惑：我到底要不要爱我老爸？

我一度向我们家具有"实质管理权"的"太皇太后"外婆抱怨：为什么我娘这么不会看人脸色？哪壶不开提哪壶？结果，没想到我那比我娘更精明更会算计120倍的外婆竟然回答我说："家人，哪有算计这个的？！"

我应该这么形容一下我外婆的精明：我小时候常常看到外婆非常殷勤地接待某人，令我以为外婆和某人很要好，而在对方离去之后，我也逢迎拍马大为赞赏某人，结果只见我外婆脸色一沉，说，那家伙……哼！这又使我幼小的灵魂蒙上了灰色的不解。

总而言之，我外婆是要全赢的人，你敢多赚她一毛、辱她一句，她绝对加倍奉还！

所以她始终是我心目中的出色女人。

我对爱情的期望是外婆的这句话："家人，哪有算计这个的？！"

所以我不想对我的爱人算计，但我也希望对方不要为了我的坦白、自然、直接而像我爸一样暴怒。这是我心目中对于真爱的看法。

56. 保留你的爱情选择权——外遇之天经地义
合情合理

> 只要你对爱情的美感还没死掉，就会对
> 某些人产生微妙的情愫，但是否能发乎情、止
> 乎礼，还是要直接改朝换代，那就是外遇缘分
> 的问题，也是个人选择的问题，更是人生观的
> 问题。

觉得人的一辈子有无限可能，而在这一切无限可能
当中，感情的变化与不确定性又是最大值的可能，无论
是在婚姻状态里，还是在婚姻状态之外。而现代人接触
感情对象的概率增加，且更勇于表达情感，因此，要和
某人一拍即合立即进入感情状态，是非常容易的。

无论是在婚姻状态之外，还是在婚姻状态之内，

要找到其他的恋爱对象，真的一点都不难。适度的外遇也的确有助于两人关系紧张时泄压，从这个角度来看，"收放自如地外遇一下"，之于那个"名正言顺"的关系（男女朋友关系、夫妻关系），似乎是有所帮助的。

只是，爱情是能收放自如的吗？能收放自如的爱情，是真的吗？如果那些外遇爱情都是能收放自如的，如果那贪图的是一个甜美的回忆，如果并不伤害自己原有的关系，如果也不伤害彼此对爱情的信仰……如果，有这么美好的外遇，那么外遇也未尝不是一件好事。而且这种玩票型的外遇，赔得也不多就是了。

我觉得任何人死锁在一段关系里，打死不退，都不是好事情，反而随时保持开放的态度，随时检视自己的人生幸福与否，去调整，才是正确的做法。即使结了婚，也不必非要把婚姻守到无以为继，才承认婚姻的失败。

"守"，永远是面对人生各种难题的下下之策，因为守来守去，疆土会越来越小，从边境守到朝都，从朝都再守到剩一个城墙，最后也只能弃守。

要抱持着追求幸福的目标，看待自己的人生，你随时可以去遇见一位看似更能给你幸福的人。然而，面对同时存在于当下稳定的情感关系，或是婚姻关系，你是需要多一层"当初许诺同行的责任感"，那毕竟不是一夜情，今天爽完了，明天没感觉了，就转台。你还是要有一点为彼此关系再努力的空间，而这不是对对方负的责任（其实对方也好糊弄，你敢糊弄就一定能全身而退），而是对自己的爱情信仰负责任。爱情信仰看起来是不值钱的东西，其实很好用，它就像人活着就要有信仰一样，若你要你的爱情始终活着，你也要有一点爱情信仰，让这点爱情信仰，去支持你追求爱情。

若你看待爱情轻率，你也不太相信别人会对你认真。心若死，那是很悲伤的事情。

至于我自己的外遇观如何？我觉得外遇是很正常的事情，只要你对爱情的美感还没死掉，就会对某些人产生微妙的情愫，但是否能发乎情、止乎礼，还是要直接改朝换代，那就是外遇缘分的问题，也是个人选择的问题，更是人生观的问题。我的人生观是，爱情并非人生的一切，所以我没那么执着那么精确无比地真爱，至于"追求真爱"的那个极限，我愿意留给我往后累世的灵魂去细细品味。

57. 保留最好的给自己

他真的没有那么爱她，同时也不觉得娶
她当老婆有什么价值。

女人有没有被男人掏空，看容貌便知一二。女人年
华老去是正常现象，不算被男人掏空，就算没有男人，
我们也是会变老，什么斑什么鱼尾纹都会出现，迟早而
已。但若一个有男人的女人看起来憔悴失色，就是正在
被男人掏空，因为她的生命全都给了一个男人，没有自
己的梦想，早早便失去了光华。

尽管还靠着高超的化妆技巧、保养之术、整形所维
系出来的容貌，也藏不住那从内心蔓延开来的黯淡。

若有着好容貌自然还会有桃花，不怕此番恋情失败
后没有东山再起的机会，问题是，一旦女人失去了被爱

的光华，同时，彷佛全世界都会知道你是一个容易被男人掏空的女人，尔后你再恋上的男人，也是来掏空你的。

所以，女人不能只在意时尚装扮、整形美容之术（当然那也是重要的一部分），更要在意自己心中的梦想之火有没有熄灭，更要在意自己的内心是否充满爱，能否源源不断地为别人付出，而不只是为身边这个男人付出。

女人要拥抱世界，要培养自己能爱这个世界、为这个世界贡献的能力，唯有如此，你才能从与他人、与世界的互动中，充实自己的眼界、丰富自己的生命，而成为一个不被掏空的女人。

当女人说付出很多的时候，要去思考，这样的付出是讨好，还是放弃自我？将心比心，从你自己的立场去思考，如果有一个男人非常讨好你，只能为你鼓掌，却不能为你分忧解劳，你觉得和他在一起会很棒吗？算了吧，你只会觉得不能给你帮助的他，还是多给你一点自我空间、少烦你来得好。如果一个男人放弃了他自己的人生，只对你亦步亦趋，你也会压力很大，想说他能不能去找点自己的乐子，不要只在你身上找乐趣。

当女人所说的付出，都是牺牲的时候，那是对女人心中梦想之爱情的付出，然而，之于男人而言却无意义。因为他不要那么多形而上的爱情，他要真实的快乐与互动，哪怕你只是与他斗嘴，两人拌嘴淋漓畅快的瞬间，都比起你在那边可怜兮兮洗碗有意义。

女人要追求被自己所定义的真爱，而男人要追求每一个当下，就是那个当下，有就有，没有就是没有。你当下没有给他正面的价值感，只是趋附，他就觉得just so so，花钱也买得到的just so so。这世界上到处都有花钱买得到的趋附。真正有价的，是独一无二的互动与火花。

不要在"结婚"这件事情上讨好你的男人

当两个人交往到一定程度之后，一定会开始思索结婚这件事情。在我看来，结婚与不结婚，不能证明两个人的感情有多好或多坏，它就是一件自然而然、水到渠成的事情。因为有结婚这个制度在，有这个爱情宣誓在，所以当两个人的感情谈到一定程度之后，一定都会想结婚。结婚之于爱情的美好，问问努力争取结婚权的同志们就知道，就是爱到想共组家庭，手拉着手在街上散步，名字共同出现在一张户口簿上，可以以共同的名义爱一个孩子……这些，都是从爱情衍生出来的一些附加幸福。

虽然现代人离婚率很高，我就说我前几年参加的几场婚礼，若往后几年没有特别联系，现在再度见面，都不敢太确定人家是否依然在婚姻状态中。不过，我觉得婚姻还是一个希望爱得更深厚的期待，仍具有意义。

所以，如果你的男人老用"我们现在有没有结婚，有差吗"这种话来搪塞你，你真的不要太重视他的看法。如果结婚一点都不重要，那为什么许多小三都要努力挤掉大老婆的位置，而要坦然光明地相爱？而且如此这般地位才比较稳。我告诉你为什么地位比较稳，因为基于法律保障的缘故，两个人的资产联系比较强，夫妻可互为代理人，而且万一配偶早早升天，哪怕他有一百个爸妈、兄弟、姊妹、叔伯、阿姨，老婆都拥有他全部资产一半的继承权，这样了解吗？当然女人也不是要这个继承权，就是有一个老婆的称号，人家就知道这背后代表了什么地位。不然，谁睬你啊？

记得有一次，一位介入别人感情的小三跑来对我说，他们之间的"奸情"被那个男人的女人发现了……

"啊！怎么发现的？"这情节实在太戏剧化太有张力了，太令人忍不住想追问下去了。

"因为她使用了他的计算机，登录了他的账号，好死不死我去call了他。"她说。

"天啊！那你call他的账号时说了什么？"

"也还好，就寻常的问候而已。"

"那那个女生说了什么？你怎么知道她是那个男人

的女人？"

　　"因为她直接说她是他的女朋友……"

　　"哦……"主权宣示的寻常做法。

　　"所以你决定以后不继续和他暧昧了吗？"

　　"怎么可能？！"小三气势高昂地说，"只是女朋友而已，又不是老婆。当我看到'我是他的女朋友'这七个字的时候，都觉得好弱……"

　　所以说，你真的很爱一个男人，你干吗不和他结婚？你都已经为他付出那么多了，干吗让别的女人觉得你的地位很弱，人人皆可取而代之？谁要当万年女朋友？

　　其实我以前是不婚主义者，后来交往了现在的另一半之后，觉得结婚与否也没什么好坚持的，你知道，要是灯光美、气氛佳、心情好，和这个男人结婚也不是很为难啦，就是这种心情。我相信多数平凡人看待结婚，也就是这种心情而已。

　　至于坚持非要结婚与非不要结婚的这两种极端的人，则是少数。我说一般人不会那么不幸，老是遇见少数，乖，我们都是平凡又正常的人，我们只会遇到多数，最大公因子的人类。

　　我的朋友以前遇到一个情人，信誓旦旦地告诉她，他是一个不婚主义者，因为他看到父母的婚姻太糟糕，所以一点都不想结婚。女人再逼，他就干脆说他觉得女人很烦，可能要转性爱男人了。这么说来，看来与他结婚真是无望，不过十年河东，十年河西，十年之后，那个男人结婚去了，既没有坚持不婚主义，也没有爱上任何男人。当年我的朋友以为她遇见的是一个"特别的男人"，所以呵护备至，也就默默地接受他，无止境地浪费她宝贵的婚恋价值极好的青春时光。十年之后她才知道，这个男人一点也不特别，他当年只是为了敷衍她结婚的期待，不惜把自己说得有多特别。

　　这是推托结婚的男人一贯的说辞，而残酷的事实是：他真的没有那么爱她，同时也不觉得娶她当老婆有什么价值。

58.真心爱你的男人，不会亏空你的人生

只有不知道自己的人生该做什么，才能
毫无底线地为一个男人付出。

女人年轻时的爱情，多以"付出"为最高指标，总觉得，只有在付出的时候，才能感觉到这份爱情的浓烈；总觉得，当自己付出到伤痕累累的时候，才能确认两个人是真心相爱的。

但为何付出得越多，得到的响应越糟糕呢？那些男人啊，就好像是贪婪的无底洞，怎样的付出都无法满足他们。

女人是拿真心换绝情。

因为女人多数的付出，并不是男人想要的。

那种付出，叫作"讨好"，是为了留住男人而做的努力。如果你必须讨好一个男人才能留住他的心，那么这种感情并不对等，这种付出，之于男人也无价值。他站在一个高处，钦点他的嫔妃该给他什么，才能维系他与她之间的关系。那是条件交换，那不是相爱。

这就很像有些女人，给他的男人一些要求，要他成就多高、资产多好、给她多少好处，她才愿意和他在一起，这也是条件交换，不是相爱。

我听过很多女人的付出，这是我难以理解的，其中在我看来最夸张的是，两人还是男女朋友时，女人还在念书，一有空闲就往男人家跑，为男人打扫屋子、陪伴他的母亲。这样的女人为数不少，就是传统的好女人，一旦认定了一个男人，就把自己当成他的附属品看了。不是家眷，家眷是要对一个家有决策权的，但她没有。我觉得即使两个人结婚之后，女人所有空闲的时间也不理所当然属于男人以及他的家庭。

现代女人应该很忙，要忙于自己的事业，忙于阅读，忙于投资自己、提升自己，忙于照顾好自己的家人，最重要的是，还要忙于照顾好自己的健康与青春容颜。你看女人该忙的事情那么多，能有多少时间只为一个男人及其周边事务做牛做马呢？

而一个有能力的男人，他也不需要一个免费的女佣，他可以花钱请人做好很多杂务。

只想为男人而忙的女人，其原因之一，是陷入一个盲点，那就是不知道自己的人生该拿来做什么，她少了梦想。

其原因之二，就是她非常地清醒，因为"拥有这个男人"，并且"和他共同幸福生活"，是她人生追求的全部。这样的女人一定会成功，因为她在付出的过程中并非盲目，她有一个前瞻的梦想指引。所以她的付出是理性的，是有目标的。这样的女人，无论一开始拥有面包多于爱情，或是拥有爱情多于面包，她终究能靠着坚定的目标感而得到爱情与面包的平衡。

然而，我发现多数女人都是因类第一种原因，因为不知道自己的人生该做什么，才能毫无底线地为一个男人付出。

顺道一提，后来那位学生时期便常常进出男人家门，为其照顾母亲、打扫屋子的女人，与男人相恋几年后，终于如她所愿嫁给了这个男人，婚龄维持三年。男人后来又娶了另一位和她同龄的女人，这女人可没有像她那样为男人付出过。

她的好牌都出尽了，掏空了自己，男人当然脱手。

掏空了自己的女人，男人对她只剩下感情，不再有爱情。这道理很简单，你买了一件很棒的衣服，可是当它不流行了、失色了、脱线了、起毛球了，你就对它只剩下感情，不会对它有爱情了。

你留着它，但你还想追求更想要的。

难道女人要为了怕掏空而不付出吗？当然不是。女人要淋漓尽致地去爱、去付出，但不能掏空自己，而那个关键点就是，你要从灵魂和精神上去支出，同时也要不断学习和提升收入。如果你的收入大于支出，你就永远不会掏空。

然后你不能有多少就付出多少，你要留一部分给自己，那个部分就是通过投资自我，使自己再度丰盛溢满的本钱。

如果你有多少就付出多少，那就是一种自我放弃，也是不爱自己。不爱自己的女人终有一天会被掏空，不是在工作上被掏空，就是在爱情上被掏空。

我认识一位事业非常成功的女人，她爱她的男人爱得淋漓尽致、爱得透彻，她肯给男人金钱、人脉、机会，可她留了一个重要的部分给自己，那就是她的事业。她的男人曾经想干涉她的事业，但她严正拒绝，划清界线，因为她的专业原则不容被左右。

59. 和外遇的男人谈恋爱？请三思而后行

如果一个男人已经被他老婆叛变到去外面找人找钱，那你可千万要躲他远一点。

我最近听到一个非常厉害的故事，就是一个拥有青春肉体的女人，在找到第一份工作之后，就受到老板青睐钦点为情人，她也算是天生有资质，当得颇顺利。

女人要当别人情人是要有资质的，首先就是你要抛开一切天长地久的传说、婚姻神话，然后你要记得随时把自己当成女人，只能打开耳朵，不要张开嘴巴。然后还要有点喜新厌旧的能力，譬如说这个女人，一年之后就厌烦了这个老板，还推说不想破坏他的家庭，那你知道事业成功的男人是不能欠女人的，他不能在生活上表现得比床上还不大方（怕女人怀疑他在床上是因为吃了"威而钢"才猛），所以他就给了她三百万，让她去国外喝洋墨水镀金，弄了一个局外人都辨不清真假的学历。

如此，原来只有高职学历的女孩，提升为具有洋学历的气质女。所以接近她的对象也会掂掂自己的斤两，经济上和社会地位上若没有自信的男人，不敢对她出手。

此时女人已是轻熟女，保养做得很好，而且每天睡前一定要催眠自己"我只是一个女人，很需要男人照顾"，好柔化自己白天的言行，使其符合男人找情人的要求。

所以她又顺利地成为一位台商的情人，也是她第二个老板，账面上以及账面下的薪资都很优渥，优渥到只和他交往两年，就买到一个付完全额的房子。此时，女人二十七岁。

说这个故事给我听的男人，有两个批注。

第一个是，女人表面上只要换几个男朋友，就会变成有钱人。当她变成有钱人之后，谁会去计较她的爱情史？

早知道女人只要换几个男朋友就会变成有钱人，那我现在日理万机也实在够辛酸，害我有一种"虚度青春"之悔恨。我一定不够爱钱或不够懒惰。

第二个是，从正牌男友和老公身上是得不到这种好处的。

　　资深男人对我说，要从正牌男友和老公身上获利，速度没有那么快，成本损益比也会提高，因为那种时间和感情的付出，会使获利短少，而且很难获利了结，因为你还是要输一点给他，才走得了。

　　这是什么道理？道理就是，你有名有分，走路生风，做事情光明正大，这就是一个基础资产（这是一种社会公信力），他能给你名分，就不再投入金钱，或者是你和他福祸相依的过程中，你也会有所损失。如果他不能给你名分，他就给你金钱，他拿金钱买你一个不能公开感情的痛苦，还有光明正大的社会地位。

　　女人除非找到真爱，否则不能不会算。你要当男人的外遇对象，先想清楚，如果他是真的想离婚娶你，那他没钱没人没能力都勉强说得过去。他如果只是想找情人，那拜托，没人也要有钱，没钱也要有人。如果一个男人已经被他老婆叛变到去外面找人找钱，那你可千万要躲他远一点。

60.尽管世界光怪陆离，我们还是要相信能拥有最美的爱情

> "老婆出去和情人约会的时候，我就要负责带小孩。"像这么可怜的男人，你只要可怜他就好了，不用爱他。

说真的我实在不喜欢写这么负面的文章，但觉得社会黑暗面还是要交代一下，不然就太不切实际了。

话说今天和朋友去新光三越A9馆逛街吃饭，虽说我们不太熟，但一谈到男人，还是一拍即合。

我们吃了春水堂，我点了花雕鸡套餐，食材啃食起来是新鲜无误，鸡肉尤其Q弹，汤品也清爽，但一看到那酱色的酱汁，我的内心是有阴影的——这个价位能吃到纯手工酱油添加的酱汁吗？（好，这是题外话。）

婚姻之外的情人

朋友提到她的友人的婚姻，让单身的她更无力向往婚姻生活。她说："婚姻之外各自有情人。"

这是什么意思？话说有一天她和她的男性友人吃饭聊天，身处在"妖兽都市"的台北人相见，当然是抱怨先来一轮。

工作枯燥，那是必备话题。"一有空档，非出国不行，不然会崩溃。"

薪资很少，那是工作枯燥话题的延伸。如果工作枯燥但薪资很高，通常只会谦称说："开宝马又怎样？没时间休息啊！"(但你会很想殴打他。)

老板很烂，那是主要话题，因为工作枯燥、薪资很糟，全都是因为老板太烂。

谈到家庭生活，我看也只有很少人会唱出"我的家庭真可爱"这种歌，男人基本上就是抱怨老婆太烦、儿子太吵、老娘又碎碎念，女人未婚的就是抱怨好男人死光，而已婚的女人抱怨婚姻是爱情的坟墓。我看来看去，似乎单身的男人最快活，满口酒肉朋友、人生苦短，所以应当及时行乐。

重点来了，她听到的抱怨竟然是：

"老婆出去和情人约会的时候，我就要负责带小孩。"

这是什么状况？就是说，两个人的婚姻已经走到绝路了，但基于现实上的种种理由或借口或条件，还构不成离婚的冲动。但两个人彼此默许各自在外偷吃。

这种事情我已经不是第一次听到了。以前听到有夫妻各自去和情人约会，还不小心出现在同一个场合，然后"夫妻同心"还很有默契地不戳破，当是不熟的朋友点头寒暄飘过彼此身边。

原来"夫妻同心"这事情，在现代社会不是落实在"共同打拼经营好家庭"这件事情上，而是落实在"各有情人但心照不宣"这件事情上。

悲哉男人

我不知道作为一个男人怎么说得出口以下这种抱怨。

当人妻的只要敢，就一定找得到婚外情的对象，可是男人就比较难。

自古女追男隔层纱，他的说法倒是有凭有据。但女追男隔层纱大家只知其一不知其二，以为美貌和无怨无悔的付出，追男人就能隔层纱，可这个男人抓住了其二，是敢，你的肉体敢奉献，哪个男人不敢收？

是说男人婚外情很难吗？我最近听到一位大老板看中了他手下一位拥有青春肉体的新晋女员工，就顺利和她搞起外遇了。

　　我也见证过帅美的男人要推外遇都推不完，干脆把自己变胖变丑以杜绝后患的事例。

　　所以我要给那个悲哀男人，觉得婚外情很难的男人一个忠实恳切的见解，你有想外遇很难只有两个原因。

　　第一个是因为你不够帅，第二个是因为你不够有钱。不够有钱分为两款：一款是瞥一眼就知道你是从里到外的寒酸人；另一款是社会地位太低，很难想象能有钱。

　　有钱的男人如果和另一半无以为继，他巴不得赶快离，能合法去找青春的肉体满足，而这也是许多贵妇最终能拿到亮眼赡养费的原因。说真的，男人在这事情上真是纠结无比，不给赡养费嘛，不能解脱去找新人，要给赡养费嘛，若是资产缩水太多，要找的正妹的素质和数量就会受到限制。

　　所以男人干吗不离婚？就是因为他没有本钱离婚，只好留着一个床伴，至少不假外求。

　　结果不出我所料，那位抱怨男负债累累，我猜也没有特别帅，所以不但老婆留不住，连新情人都追不到。

婚姻神话破灭的时代

　　台湾离婚率节节上升，我觉得和经济不景气很有关系，因为"贫贱夫妻百事哀"，而且现代人更没耐心哀很久，一哀就想离婚。

但台面下的"同床异梦"比例更高，这是比离婚率更有趣的事情。为什么都已经同床异梦了，还不离婚？

因为离婚也是有条件的，血淋淋的事实是：你要离婚也至少要有把握找到第二个人。

男人的主力条件是金钱，因为你年纪大了，面貌松弛、肉体软了，能有回天之力的只剩下金钱。此时的男人如果没有钱，很难离婚，反正婚姻加减着用，总比没有好。

女人的主力条件是美貌和金钱，但因为美魔女不是那么简单就能达成的目标，所以主要条件还是金钱。女人有点钱才有狼狗，不然就是要很敢，再不然就是要很会"唉"，不是在床上"唉"，而是在床上之外的地方"唉"，"唉"说自己遇人不淑很可怜之类的，那总会吸引到一些火山孝子型的男人。

而奇妙的是，即使拥有这些条件，"同床异梦"的夫妻都还不一定离婚，毕竟对方还有一些利用价值，例如带小孩、赚钱、床上适应度良好等等。其实都还是和选择结婚对象的考虑如出一辙。

写到这里，突然觉得或许每一个追逐婚恋的人，都应该反思：我们是否没有自己想象中那么尊重爱情这件事？

仅以王菲《致青春》这首歌，哀悼现代婚恋当中，淡淡的喜悦与忧伤。